# 物識り狂

植村勝明

Uemura Katsuaki

石風社

物識り狂　◉目次

I

# I

# 仙人

長女の息子を連れて山に登った。標高千メートルに満たない山だが、姿のよさからするとなかなかの山である。先考の生家の真南、山腹に一軒の家もなく、一枚の畠も拓かれていない山そのものの山だ。さいわい幼稚園児と登るのに困難というほどではないし、また一度はこの山にじかに触れさせておきたい気持ちがあった。稜線が緩やかに東西に延び、山頂がちょこなんと帽子を被ったように見える。

いつだったか、初めて家内をこの山に案内したときのことだ。印象に残ったらしく、帰宅するとすぐ油絵に仕上げた。よせばいいのにそれをプロの絵かきに見せたところ、ウーンと唸って「ドラマチックですなあ」と評したそうだ。山は八合目あたりから乳房のように盛り上がり、頂はさながら乳首であった。

　夏草の勢いも衰え、山道は狭いながら歩きやすい。ヌルデの類は心持ち黄色くなり始めている。登りだして一時間、まったく人に会わない。

「オジジ、帰ろうよ」

　恐くなってきたのだろう。まわりの草や木の説明をしてやるがまったく興味を示さない。

「タケルはお祭りが好きだろう。山にもお祭りがあるんだ。もうちょっと寒くなってからだけどね」

　山の祭りは質素である。笛も太鼓もみこしもない。里人が山の祠にお供えものをしに来る。ふたことみこと、家内安全とかなんとか唱えておしまいだ。休んでいる間に知り合いが来れば持参した酒をコップ一杯ずつ飲み合って帰る。その場で飲み会を開くことはしない。家であらためて神棚にお神酒を捧げ、家族で祝う。

「おもしろくないんだ」

　タケルは聞いて損したといった顔でいう。たしかに、三社祭りのようにはいかないな。祭りというよりささやかな年中行事だ。それでもかつてこどもたちは帰路アケビを採ったり山芋を掘ったり、けっこう楽しみにしていた。

　頂上の真下で道は巻くようになっている。突然タケルが大声をあげた。

「オジジ、海が見える、海だ、海だ」

海、五十年以上も前、わたしもまさしくこの場所で喚声をあげた海の遠景である。海辺で生まれたわたしはこどもながら海の風景は一年を通して見尽くしていた。しかし山頂から思いもかけず突如はるかに遠望する海はそれらと別のものだ。そこには驚きとともにしいていえば神の感覚に似たものがある。自分が造りなした海や島々を初めて眺め渡している神の想いに似たもの、それがかすかにわたしたちの内部に再現されるのではなかろうか。感電したように瞬間それに触れるのではなかろうか。

タケルはまだ叫んでいる。オジジを連発するのには参るが、事実そうなのだから仕方がない。海だ、海だ――なにか記憶がある。そうだった、『アナバシス』にそういうシーンがあった。山頂に達した兵士たちが海だ海だと叫ぶ。そしてついに一軍全体がその叫び声と感動に包まれるというものだ。たまたまこの箇所がギリシア語の教科書に載っていた。ギリシア語は完全に忘れたのに（なにしろ四十年以上前のことだ）それらの叫喚は現に耳にしたかのように記憶に残っている。かれらが発するタラッタ、タラッタ（海だ、海だ）は幼い折のわたしの山登り、「海が見ゆるぞ、海が見ゆるぞ」と喚声をあげていたその九州方言を再生したものにほかならなかった。わたしはあの教室で自分の声を聞いていたのだ。タケルもいつか『アナバシス』（クセノポン著）を読むことがあるだろうか。

山頂の祠のあたりに人が訪れた様子はなかった。落ち葉を踏んだ跡がまったくない。数か月、いや数年だれも来ていないのではないか。祭りも途絶えてしまったのではないか。

こどもの頃年寄りから聞いたことがある。かれの少年時代（すでに明治に入っていた）一人の老人が山頂付近に住んでいたそうだ。名前も素姓も不明、で、仙人と人々は呼んでいた。谷を隔てて修験道の山があり、いまは痕跡を残すのみだが、その生き残りともはぐれ修験者とも考えられる。単なる奇人だったかもしれない。

もひとつ考えられることがある。この地方に姥捨ての風習があったという記録はない。言い伝えもない。だが事実上の姥捨てがなかったかどうか。隠居という風習も徹底して行われると姥捨てと違いはない。老人が自身の意志で帰らぬ山行きをするということはどこにでもあったことだ。いわゆる自殺とも少し違う。うちのジサマ（あるいはバサマ）はどこへ行ったんだろうと一応家の者は心配する。それだけである。老人は消えるのみだ。

老人をどうするかはいつの時代でも重要な問題である。現在および近未来においてとくにどうというテーマではない。厄介者をどうしたものか。

ことさら時代も場所も遠く離れた例をあげてみよう。ストラボンによればケオス島にはかつてひとつの法があり、「りっぱに生きる力のないものは、見苦しく生きるべきではない」（『地誌』C四八六）というので「人が六十歳に達すると毒人参を服用するよう命じているが、これはほかの人びとに食糧が不足しないようにするためらしい」（同）とある。この話は古代社会に広く知られていたのかストラボンに典拠したのか、アイリアノスも老いこんだ者は「招待の席か祭礼の式に出席するような感じで一か所に集まり、冠をかぶったうえ、毒人参を飲むことになっていた」(『多彩な物語』三・三七)と記している。またかれは「サルディニアの法によると、父親が老齢に達すると子供たちが棍棒で叩き殺して埋葬した」(同四・一)とも伝える。ケオス島の例は後のモンテーニュも興味をそそられたらしく、『随想録』(二・三)に「ケオス島の習慣について」の一節があり、そこでは自己の意志による死がポンペイウスを立会人に引き出して語られている。この島の老人たちが誰でも宴会でブドウ酒を飲むかのように毒人参を飲んだかどうか疑問だが、老人問題に関してこういう解決法(?)もあったということだ。棒で殴り殺されるより毒人参がましだとはわたしも思う。ソクラテスが毒人参を飲んで死んでいくさまをプラトンがかき残してくれているおかげで、この毒草の効能はよく知られている。ほかの毒薬類に比べると楽なようである。ただしわたしたちはソクラテスのようにしっかりした覚悟があるわけではないので、近年喧伝される心理操作の手法を大々的に利用して制度的に(このケオス島でのように)毒人参を楽しく飲むように仕向けるとよい。老人問題老人医療をめぐってうさんくさい議論をし、うさんくさい仕組みを作るよりましだろう。

もっと効率的なやり方がある。殺して食べてしまうのだ。ヘロドトスはとりあえず割愛してついでだからもいちどストラボンにお出ましを願おう。ある未開部族は「七十歳を越えた場合、男なら切り殺して近親者がその肉を平らげる」(C五二〇)。むごい話ではあるが、二十世紀末であろうと二十一世紀であろうと、老人問題の基調に変わりはない。つまりなかなか死なない老人をいかに簡略に金をかけずに死なせるかである。人間はいつも人口の圧迫を感じている。殺して食えば地上のおおよその問題は解決するだろう。臓器移植の話にしても内臓を利用するのにどうして肉を利用しないということがあろうか。話がそこに到らないというのは偽善というほかはないのであって、だれしもこのことを感じているに違いない。内臓と肉ともに若いほうが利用価値が高いから、老人問題に対する考え方は結局人間全部を対象とすることにならざるをえないのだが。いっぽうではストラボン自身老齢者殺しに疑問を呈している箇所もある。さまざまだったのだろう。

死生については解決できないことは解決できないままにしておく。これも決断である。またはかりに空想上の解決を示しておく。これもまた決断である。いくつかの宗教における虚構はこのような決断から出発しているからこそ感動的なのである。

仙人の話に戻ろう。この老人も棄老伝説――というより棄老そのものか――の末尾をつとめていたような気がしてならない。世の中には丈夫すぎる老人もいるのであって、つまりは山の持つ自然条件の厳しさもかれを殺すことができなかったということではなかろうか。死ねない山の老人は、まあ、仙人とでも呼ぶほかないではないか。折々村人が食物を持っていって与えていた。いや差し上げていた。仙人は温厚な人物で、嬉しそうに、しかし黙って受け取るのが常だったという。

仙人はいつのまにかいなくなっていた。近隣の村々を含め、里に降りてきた様子はなかったから、天に昇らなかったとすれば、自ら穴を掘り、自分を始末したのであろう。山犬に食われたとは考えたくない。里人はさほど気にもとめなかったらしい。少々なりとも食物の面倒をみていたことがもとからの山岳信仰と一緒になって、いつしか料理を供える祭りとなったのではないだろうか。

タケルにこんな話をしてやれるのはずっとあとのことだ。とりあえずいいかげんな作り話をして聞かせる。それからの浦島太郎、それからのコブ取り爺さんといったでたらめな話と仙人とをこじつけて。

「オジジ、センニンってなに？　オジジのようなひと？」

「オジジは俗人だ」

「ゾクジンってなに？」

「お酒を飲んでテレビを見て怒ったり笑ったりする人間だ」

「泣いたりもするんだろ」

「仙人はたいへんなんだぞ。ソフトクリームもアイスクリームも食べられないし、病気のときだって一人ぼっちだ」

「病気しないいんじゃなかった？」

揚げ足取りのうまい子だ。

タケルは東京へ帰っていった。いまごろ次のような会話が交わされているはずである。

「ママ、オジジはゾクジンなの？」

「オジジはし、じ、んよ」

「じゃシジンはゾクジンなの？」

「かもね」

オジジが詩から遠ざかって久しい。ママがそのことを知っていたら別様のやりとりということになろうが、オジジがゾクジンという結論には変わりようがない。タケルが成人後、オジジと仙人をダブらせて思い出すことがないよう、いまのところ祈るばかりである。

※『地誌』、『多彩な物語』はそれぞれ『世界地誌』（飯尾都人訳・龍渓書舎）、『ギリシア奇談舎』（松平千秋、中務哲郎訳・岩波文庫）の邦訳名で出版されている。

# 襲撃

筆者の住む丘のもひとつ東の丘に墓地がある。もと官軍墓地と聞く。農民たちがそこを私して現在のようになったもののようだ。桜が美しい。古い骨が溶け出して肥やしになるのだろう。

西南戦争は西南の地に起こり西南の地に終結したから西南戦争である。神武東征に比べ、西郷の東征は隣県一つ抜くことができなかった。結果からすればお粗末という見方もあろうが、ターミナルの鹿児島、主戦場の熊本、その両県民に日頃なにかというとこの戦役を回顧する癖があるのもやむをえないところである。ことに平成九年は蜂起百二十周年に当たるということで、新聞などでもしばしば関連記事を目にした。特集も一回や二回ではなかったと思う。西郷一派の無念さもさることながら、戦死者や罪に問われた者たち、荷役に使われたであろう一般人、それらの血につながる人々が方々においでである。歴史の一ページというにはまだ近すぎるのだ。

事実の掘り起こしという面では出尽くしているようである。専門家はまだまだというだろうが、今後とも大筋にかわりはあるまい。

だからというのではない。もともと事件の周辺、いわば西南戦争外伝といった部分が気に掛かっていた。その一つ、大久保利通の暗殺は明治十一年だから、平成十年がこんどはその百二十周年ということになる。この事件で西南戦争は真に終結したというのが通説だ。しかし大久保はＶＩＰだ。専門家にまかせよう。筆者の関心はもっと小者、大久保を暗殺した男たちのことにある。虚しく愚かしく生きた連中こそ自分の身の丈に合った対象というものであろう。実行犯は六名からなるグループであるが似たところの多い連中なので、主犯格の島田一郎で代表させることをおことわりしておく。さいわい裁判関連の資料が『日本裁判史録』(第一法規)に集録されているのでこれを利用させて頂く。

大方は御存じと思うが、事件そのものを一応おさらいしておこう。さほど複雑な筋書きがあるわけではない。テロの恐ろしさはその簡単さということの中にもあるのだ。根絶できない理由も同様である。

明治十一年五月十四日朝七時半ごろ、かれらは紀尾井町に赴き、人通りのない小路で待ち伏せをする。大久保は同午前八時ごろ馬車で自宅を出、ほどなくそこへさしかかった。二人の男が花を手にして歩いている。と、四人の男がとび出して来て馬の前足を左右一時に薙ぎ払う。馬は倒れる。次に馭者を一刀のもとに斬り捨てる。花を手にしていたさっきの二人もこれに加わる。花は芍薬、それをうち振るのが襲撃の合図だったそうだ。それから六名で車に駆け上がり、大久保を惨殺する。島田自身の語ったところでは馬が倒れて馬車が停止した一瞬、馳せ寄って右の方から「馬車の戸を開きて、二刀まで刺し通せしその時に、大久保が余を睨みし顔の凄く怖しき（中略）今に忘れず」さらに左方から誰かが「二刀三刀刺し貫き、然して車より引き出せし時は最早命も絶え絶えなりしが（中略）此時皆皆乱刀にて、散散に切りつけ、遂に止めを刺したり」（東京日日新聞）という次第であった。テロの手順としては完璧といっていい兇行である。島田はすぐに自首した。斬奸状、いまでいうところの犯行声明がシンパの手で新聞社宛投函されるが不掲載。いまに残るその内容は右翼が書く文章の見本みたいなものだ。木戸孝充、大久保利通、岩倉具視の「姦魁」を斬らなくては国が危ういが、とりあえず大久保を斃す。大隈重信、伊藤博文、黒田清隆、川路利良も許すことができないという。

テロリストは思想よりも感情、しかもやみくもの感情で動くものだ。それでもかれらは自分らが思想のために行動していると考えている。あるいは思想というものがもともとその程度のもの、すなわち感情を軸とした屁理屈の集積にすぎないのかもしれない。島田らにも思想めいたもの（征韓論など）はあったろうが、つまりは明治新政府に対する不満が昂じてテロに到ったものである。もちろん事件にはきっかけがある。島田の場合、直近の西南戦争は当然としても、それを遡る佐賀の乱の際の江藤新平に対する処分にひどく腹を立てていたようだ。もちろん明治九年の神風連、秋月、萩の乱に関しても心穏やかではなかったろう。

　明治七年島田一郎は江藤新平の処分に異議がある旨建白書を出している。ともかく平和的手段を試みたことになるのだろうか。が、当然のこと黙殺される。佐賀の乱で大久保の処断は苛烈であっただけでなく、勝手気儘というか、無茶苦茶なところがあった。かつてのポルポト派が裁判をやったらこうであったかと思われるものである。非公開、拷問、たった数日の「裁判」、早々の処刑、どれをとっても文明開化の一つとして司法制度の近代化が急務であった時期のものとは考えられない。江藤ほか一名（島義勇）は梟首、すなわち斬首のうえさらし首にされた。大久保はそのドクロ首の写真を内務省の一室（応接室！）に掲げさせたというから常軌を逸している。かれにも考えがあってのことだろうが、多くの者が大久保の心事を疑い、乱の直接的な関係者以外の人々からも怨みを買うことになったのは否めない。

　建白書を無視された島田は「此為体ニテハ迚モ書面ニテハ志ヲ達スヘキニ非ス此上ハ腕力ヲ用ヒ」（島田口述書）てことをなそうと考えるようになる。テロリストに共通する成り行きだ。しかし島田の暴力主義がそのまま多数の共感を得るところとはならなかった。当初集まって来た者たちもおいおい離散し、「前原一誠カ起リシ節モ（中略）終ニ事ヲ挙ルコト能ハサリシ」（同）状態であった。島田は陰にこもった。

　予備軍的ムード的テロリストを含め、たいていはここらあたりでやめてしまうものである。考え直す。テロリズムはほとんどが社会的視野の欠如をベースにしている。そのことに自分でも気付く。とんでもない見当違いをしているのではないかと。そうでなくとも疲労ということがある。のぼせあがるには、けっこうエネルギーを費やすからだ。で、このあとものいわぬ百姓、あたりさわりのない商人になってもよいし、まちがって詩をかく人間になったとしても不思議ではない。島田はそのいずれでもなかった。自分を押しとどめることができない地点まで来ていたのである。

島田は石川県士族、足軽の息子だ。藩（金沢藩）の洋式兵術練習所に入って陸軍大尉まで進んでいる。それなりの努力家である。西郷とのつながりは藩の先輩陸義猶が薩摩を訪れ、桐野利秋らと語り合って感銘を受けたことに始まるという。西郷側近の中でももっとも血の気の多い桐野と接触したとあればその影響は察するに余りある。陸の家に出入りしていた常連の一人が島田である。すでに「思想」的にも心情的にも西郷たちとの連帯が生じていた。

ならばなぜ西南戦争を機に決起しなかったのか。しようとしたのである。金沢で兵を挙げようというものだった。だが人数が集まらない。そうこうしているうちに熊本では官軍と熊本城との連繋が成功する。勝敗はこれで決したことになるから島田らも諦めざるをえない。だからこそ敵の巨魁大久保の暗殺がかれらの急務となった。

暗殺といえばもともと大久保や川路利良が西郷暗殺の刺客を放ったという思い込みが薩摩の連中にあり、それが西南戦争勃発の一因である。島田らもそう信じていた。大久保が西郷暗殺を図ることはまずありえないというのが現在研究者たちの意見である。両者の間の「友情」を持ち出す人もいる。大警視川路への疑いを提する人はまだ皆無ではない。ちょっと前までは暗殺は維新を遂行する（または妨害する）手段の一つであったから、暗殺という着想も、また憶測もやむをえないところがある。冷やかし気味に論評してよいことではない。しかし政治手段としてはこの時期すでに大きく時代遅れであった。西郷暗殺云々の風説を聞いて側近たち、私学校の兵たちがこぞって憤激したというところまではわかる。しかし決起にまで到るには他にいくつかの要素を加えなければとうてい理解できるものではない。

島田らは遠くの地にいる。遠くにいるから薄められたかというと逆である。より尖鋭化し、よりカッカしている。テロリストには気質という部分も無視できない。殺そうという意志と自殺願望みたいなものが一緒になったら早晩血を見ないでは済まないだろう。いのちを捨ててというセリフほどおぞましいものはない。

心理学用語として多用されるうちに「攻撃」の概念は拡散してしまった。日常の微細な「攻撃」的もの言いと人を殺そうとする行為とを共通する部分があるという理由で一緒くたにするのはどうかと思う。区別するために襲撃といっておく。その襲撃だが、これはある生物が人間になる以前、他の動物を捕食する段階から次々に受け継がれ、モラルの形成に先立って埋め込まれている本能の一つに基づくものであろう。人間になった。モラルも作られ、人を殺すことは悪であるという相互確認もなされた。それからどうしたか。悪を排除するのと平行して悪を磨き上げることも始めたのである。後者を極限まで押し進め、規模をマキシマムにしたものについてはここでは触れない。規模をミニマムにしたのが暗殺である。テロリストは自分の中に毒性の強い炎を点し、掻き立て、煽り立てる。炎に焼かれた兇器の刃鋩《じんぼう》が迷いなく直線の軌跡を描くまで突き進む。

判決は次の通りである。

石川県士族　島田一郎

其方儀自己ノ意見ヲ挟ミ要路ノ大臣ヲ除カンコトヲ企テ、長連豪、杉本乙菊、浅井寿篤等ヲ誑惑シ、同類ニ引入レ、脇田巧一、杉村文一ト通謀シ、明治十一年五月一四日府下紀尾井町ニ於テ、連豪外四名ト共ニ、大久保参議ヲ殺害セシ科ニ依リ、除族ノ上斬罪申付候事。

七月二七日刑の申し渡し、同日斬。午前中で終わった。さらし首にしろと大久保はいいたかったであろうが、それはかなわなかった。

大久保の死は些かも体制の変更をもたらさなかった。成功した場合でもテロが意味をもたないこととこの通りだ。にも拘わらずテロリストが全くいない歴史というのもすわりがわるいというか、そんな夢みたいなことはありえないだろう。歴史は無名の者たちが団子状になって進んで行くことで形成されるものだけれども、テロリストは首一つはみ出す分だけ有名である。ちょん斬られる首の分だけ、である。

# 空中穴居

高層住宅に住む人たちをわたしはかつて「空中穴居族」と冷やかしたことがある。罰が当たって自身そういうことになってしまった。

　バカの高のぼりという俚諺どおり、もともとわたしも相応に高い所が好きである。東西南北が見渡せ、いい気分だ。といっても視野に入るのは地球規模だとごくごく限られた一部分であるにきまっているが、地の果てを見定め難いという点で、ある種無限の感覚を味わうことができる。そしてこの空間的な感覚が時間的な感覚に転位し、無限の時間を錯覚したりするものだ。空間と時間の相対性はなにもアインシュタイン氏を煩わせるまでもなく、庶民感覚においてとうからありきたりのことなのである。

しかしほんとうの理由は別にある。地表、地面、地上、そのほかなんとでもいっていいが、土の臭《にお》いなるものがつくづく嫌になった。サルが木から降りてきた時以来の厖大なおぞましさがそこにはある。もう耐えきれない。わが家の地表占有面積は二百六十坪である。貧乏人の住まいとしてはいまどき（都市部では）広いほうかもしれない。だが自慢にもなんにもなりゃしない。悔やまれる。六十坪程度でよかったのだ。なにごとにあれ平均的ということが憂き世の憂さをどうにかやりすごす真諦である。四倍の広さがあれば十倍二十倍の苦しみが湧いて出ること必定だ。東も嫌、西も嫌、だが南と北はまあまあなんてことはない。ぜんぶ嫌でどうにもならない。残された道はただひとつ、逃亡だ。エクソダス――わくわくする。

モーゼは砂漠へ逃げ、仙人は山に逼塞し、大聖は市に隠れた。かれらのいずれを範とするか。考えるまでもない。食物の問題がある。乳と蜜の流れるオアシスなんてそうそう見付かるものではない。山菜もがんばって探したところで秋の半ばまでだ。伯夷叔斎も晩秋――だったと思う――餓死した。となると市に居残る以外にない。大聖さんよりうんと体を小さくし、凡人で不潔だったら乞食とかわらないしそれだったら世間に迷惑をかけるからせいぜいこぎれいにし、目立たないよう、いわば存在濃度をミニマムにして暮らそう。

そこで当世はやりのマンションということに相成り、コンクリート打ちが終わった段階で見てきた。まるで石室である。古墳ならぬ新墳である。こんなところを予約していたのか。これでは地表からの逃亡というより空中埋葬だ。思い付きで軽口をたたいた報いがそこで口を開いて待っていた。西欧の考古学だったらさしずめ空に浮かぶドルメンだ。ドルメンは太陽の位置、つまり天文学と関連があるらしいが、用途は墓地である。オランダやイギリスに多い。かつてそこに住んだ人々も巨石で囲われたデス・ルームをどうしても必要と考えたのであろう。天井石の大きさが不気味である。なかには二十トンに及ぶものがある。わたしはこのあと常住坐臥、いったい何百トンの天井石を被せられることになるのだろうか。

マンションに限らず、高層建築は人類にとって強迫観念のようなものだ。地価云々は最近追加された言い訳にすぎない。バカの高のぼり論を適用するなら、人類そのものがバカということになる。その愚昧さに神が怒るということもありそうなことだ。人間「さあ、町と塔を建て、その頂を天に届かせよう」VS神「彼らがしようとすることはもはや何事もとどめ得ないであろう」(創世記11章)御存じバベルの塔だ。

バベルの塔式の高い塔はジッグラト(聖塔)と称され、ずいぶん古い時代から築かれていたもののようだ。天文観測用というが、要塞都市の中心に造るのだから、軍事に関係があるのは当然だろうし(というよりこれらは一体化したものであったろう)、見栄ばかりではないのである。

バベルの塔(バビロンのジッグラト)そのものはかなりあと、幾世代数百年をかけ、ネブカドネザルII(前六〇五―五六二)が完成させたものという。建材は聖書も記すとおり「石の代わりに」レンガである。石造とコンクリート造りの中間に位置するものとして、建築史的にも興味があろう。接着剤としてアスファルトを用いたらしいが(同じく旧約)、遺跡を調べると葦やロープを詰め込んだ補強用の層もあるそうだから、むやみやたらにレンガを積んだというものではない。われわれ雨の多い地域に住むアジア人からすれば基本的に土で造った高い建造物というのは理解しにくいが、腐敗に弱い木造より格段に耐久性がある。ヘロドトスもこういっている。

この神殿は私の時代まで残っており、方形で各辺が二スタディオンである。聖域の中央に、縦横ともに一スタディオンある頑丈な塔が建てられている。この塔の上に第二の塔が立ち、さらにその上に、というふうにして八層に及んでいる。塔に昇るには、塔の外側に全部の層をめぐって螺旋形の通路がつけられている（巻一・一八一）。

この「頑丈な塔」がいわゆるバベルの塔だ。一スタディオンは約百八十メートルであるから、ほぼわがくにの百間《けん》に相当する。バベルの語源は一説によるとアッカド語でバーブ・イリ＝神の門という意らしく、塔の最上階に大きな寝椅子があり、神が親しくここにやってきて休むのだという。土着の女一人が選ばれてここに泊るというから、かなり怪しげな雰囲気である。ただしいささかも神をないがしろにするということはないのであって、旧約の記述が先行した異教をこころよく思わない立場からのものであることも考えられないではない。

ストラボンの頃になるとバビロンの城市はペルシア人、ことにクセルクセス（前四八六－四六五）の破壊にあったせいもあって荒廃が進んでいたようである。それでもまだ形としてはピラミッドもあり正方形で焼成煉瓦造り、これもまさしく高さ一スタディオン、底辺の長さもそれぞれ高さと同じである。アレクサンドロスがこれを修復したいと思ったが、仕事が大がかりな上に長い期間を要するものだった。当の堆積土でさえ、きれいに取り除くのに一万人を二か月働かせるだけの仕事になった（C七三八）。

右記のピラミッドとあるのがバベルの塔である。ストラボンはついで揶揄的に喜劇作家の文句を引用している。

メガレ・ポリス（大いなる市）はメガレ・エレミア（大いなる廃市）だ。

このバビロニア地方は森林資源を持たず、生えているのは揶子か低木類だという（C七三九）が、現在バベルの塔跡とされるあたりも写真で見る限りではナツメヤシの林となっており、わびしさひとしおである。

バビロン市にあったもひとつ評判の建造物空中庭園もこの地方の緑の少なさと関係がある。懸架庭園とも懸垂庭園とも記されるように〝中空にぶらさがった〟庭園の意だという。構造についてはストラボン記すところを何度も読んでみたが筆者にはよく理解できなかった。いつか土木建築のプロにきいてみたいと思っている。園はユウフラテス河の岸辺にあり、植物に給水するための揚水施設を備えていた。ずいぶん無理をして緑を楽しんだわけである。緑多いところから嫁してきた王妃を慰めるために王が造ったとも、土木の天才セミラミス女王の業績の一つともいうが、いずれにしてもかなり伝説的な話であるらしい。

さてまだ「頑丈な塔」であったへロドトス時代の塔に戻るが、かれ記すところの「螺旋形の通路」がよくわからない。世に知られた画家の絵はおそらくこの「螺旋形」を拠り所としているのであろうけれども、残骸が今に残る他のジッグラトはもとより、ヘロドトスにおいても構造が方形であったことがわかる。まるいカタツムリ状ではない。方形の建造物に文字通り螺旋形の通路をつけるのには無理がある。やはり建物の外側にまっすぐ斜めに昇る階段をつけ、一層ごとに方向を変えたとみなければならない。しいていえば鍵形の螺旋ではなかろうか。九階——筆者の予約物件は九階にある——までのコンクリート打ちっぱなしの階段をくるくるまわりながら昇り、考えたことである。

旧約の記録を根拠にバベルの塔を建てたのはニムロデなる人物だという説がある。

このニムロデは世の権力者となった最初の人である。彼は主の前に力ある狩猟者であった。（中略）彼の国は最初シナルの地にあるバベル、エレク、アカデ、カルネであった（創世記十章）。

このニムロデはヘブライ語で反逆とか裏切りとかを意味する語に由来し、本名ではなく死後のおくり名（諡号）だという。物騒なこと甚だしいが、塔を建て、「その頂を天に届かせよう」という驕慢さと符節が合うことにはなる。説の当否については筆者の知るところではない。

バベルの塔にいささかも悪感情を持たない人間の一人として、高くてなんでいけない、といってみたくなる一方、あやういかなという気はする。いやがうえにも高いものを造る能力は生物としての人間に与えられた生きるための能力をはみ出すのではないかという疑問があっていいし、もし〝造物主〟というものを想定するなら、かれがそう考えるのはむしろ当然であろう。機能としての能力はそれぞれの生物にかなりのものがそなわっている。たとえば猛獣など、他の動物を殺す能力においては恐るべきものだが、その能力をきわめて限られた範囲でしか行使しない。もしそうでなかったら他の諸動物はもとより、人間の祖形も絶滅していて、人間という種が存在することにさえならなかったであろう。人間の場合、武器による殺傷能力だけでなく、他の固有の能力についてもみずから限界を設けることができるかどうか、本来なら歴史の全過程で考えるべきことであった。楽園追放やバベルの塔の物語は比喩的な問いとしては今なお――あるいは今こそ――第一級の問いである。

神の御胸を騒がせた程度の建造物はいまやごまんとあり、空中庭園も珍しいものではなくなった。それらが瓦礫の山と化したありさまを想像しながら、それでもマンションに住もうという気持ちはもしかしたら逃亡というより自死の衝動ではないかと疑われかねない。

心残りが一つある。わが地上庭園の樹木たちだ。ソロと姫沙羅の一群、裏白樫、辛夷、径五十糎の大モチ二株、山桜、いずれも二階の棟高を越えた。西門の両脇に杏、繊細無比の夏椿、米栂《こめつが》等約五十種数百本。築山二つ、仮山ともいうとおり森になった。そして鳥たち。

妹《いも》として二人作りしわが山斎《しま》(庭)は木高く繁くなりにけるかも(万葉三・四五二旅人)

やくたいもない繰り言である。

# レーニンのキノコ

もう一時間も薮漕ぎが続いている。

「つまらない山ね」

まったくだ。来るんじゃなかった。たしかに沢の水は豊かである。周年ひえびえとしていて湿度が高い。そのため寒蘭が自生する。業界では知られた処だ。先年崖の上に僅かに残っている幼株を採ろうとして墜死したマニアがいた。自然保護のためにはかれらの事故はかならずしも嘆くべきことではない。ではマニアが残りなく絶滅したらこの自生地は再生するだろうか。だめだろう。御存じのようにある一定数の個体がなければ動植物の数は増えていかないものらしいから。まだ何株か残っているというだけでは再生の可能性が残っているということにはならないのである。もしかしたら人間の目の届かない場所に群落が自生しているということがあるかもしれない。復活の可能性があるとすれば唯一そんなところだ。

実は蘭には関心がない。いちど鉢植えを楽しんだことがあるがまもなく枯れた。水の管理を誤ったからだ。しかしこんなことで枯れる蘭というものに腹が立った。勝手なものである。残りの蘭は捨てた。花の匂いはすばらしい。それだけ憶えている。

じゃなぜ来たのだ。牧水？　まあね。秋も霞の棚引きてをり。一度は行ってみたい、来てみたいと思うさ。尾鈴の山。だまされた。

そもそもこの牧水がいけない。啄木のあと、ふるい時代の少年の心を捉えたのが牧水であった。今では信じ難いことだろうが、そうだった。両者とも各所に歌碑が残っているのがその証拠だ。わたしはかつて沼津に仮居したことがある。こんなことをいうと娘たちは、お父さんはいろんなところに〝仮居〟していたのね、と冷やかす。仮居とは住民票なしでいたということだ。長期滞在である。放浪ではない。その沼津にも牧水のでかい歌碑があった。例の幾山河云々という歌だ。場所は千本松原、千本どころではない当時見事な白砂青松の地であった。松林の中に料亭があり、そこで初めて蓴菜《じゅんさい》なるものを食べた。仲居さんの講釈つきだった。ひどく貧乏していたのになんであんな料理屋に足を踏み入れたのかわからない。たぶん疲れていたのだろう。それはいいのだが、掛け軸がまたまた牧水だった。飲み代のかわりだから自筆である。牧水にはやたらと自筆が多い。

もういいはずの牧水にその後もあちこちでお目にかかるのだが、小渕沢でのこともその一つである。甲斐駒に登ろうというので中央線を降りた。駅の売店でタオルを買うとこれまた牧水である。いわく

甲斐のくにの小渕沢あたりの高原の秋末つかたの雲のよろしさ

歌はわるくない。だが汗を拭くたびに牧水である。山道はきついし、牧水が憎くなった。

その後久しく牧水とは無縁のままだった。山登り癖が嵩じ、九州一円の山を登り尽くして、さてどこか残っていないかと考えたとき、ひょいと頭に浮かんだのが尾鈴の山である。だまされた。山登りに熱中した理由はいまとなっては不明である。妻はいとしや。山に登るとなぜかそんな気分になった——まさか。奈良時代の歌人たちにだまされてはいけない。ただやみくもに一週一度の山行きを敢行した。少々の雨でも登った。女房も夫《つま》はいとしやだったろうか。まさか。女房は車の運転ができない。亭主は弁当の仕度をしてもらう負い目がある。当時はまだ弁当屋なるものがなかった。結果的に夫婦登山となるわけだが、これもいわば小旅行、水戸黄門よろしく、女房より家来を連れていくほうが便利にきまっている。家来はいない。かわりにこどもたちをと思うが、たいてい拒否される。

「つまらない山ね」

まったくだ。何度も念を押さなくていい。やっと辿り着いた頂上も高い草に覆われ、言い訳のように木造の展望台が一基、風もなく揺れていた。ひと休みし、別のルートで下山にかかる。こ

んどは林が続く。ただの雑木林だ。なにからなにまで平凡である。麓から仰いだらここらあたりに霞がかかるのだろう。

二十分も下ったろうか。倒木に大きなキノコが生えている。しかも二十か三十、びっしり生えている。これは収穫だぞ。こんな立派なシイタケ見たことがない。来た甲斐があった――

女房はしかしいぶかしげな顔をして

「やめたがいいんじゃない？　見かけないキノコは食べないがいいというし」

「なにか変わったところがあるのか」

「シイタケそっくりだけど、このキノコ半分しかないわ」

いわれてみればなるほど半月形をしている。月形半片太だわな。惜しい気もするがやめとこう。車を置いていた処まで帰り着き、わたしたちは遅い昼食をとった。

ツキヨタケだった。あとで分かって胆を冷やした。毎シーズン何人かはこいつの猛毒でやられ、命を落とす人もいるとかどうとか。寒蘭マニアの次は慌て者のキノコ採りである。助けてあげたのよ。違いない。命ながらえて、以来二十年経った。

ソ連が崩壊した。わたしたちの尾鈴行とはなんの関わりもないが、引き倒されたレーニン像の報道写真を見て思い出すことがあった。キノコにまつわる話にはあまりいい結末はないが。

レーニンはキノコ狩りを好んだということだ。そのため汽車の時間に遅れたこともあったという。キノコを採っているうちにすっかり忘れていたらしい。寒冷地の短い秋。あえかな菌糸類探しに熱中する革命家とその妻。かれらにとってほとんど唯一平穏なひとときであったろう。

わたしどもの世代はかなりの部分が年代的にソ連の歴史と重なる。わたしが生まれたときソ連が誕生してまだ十余年しか経っていなかった。ものごころがついた頃赤痢が蔓延しており、赤の字がつくものはなにかよくないことだと思った記憶がある。敗戦後は一転『国家と革命』などに我を忘れた。地面に横倒しにされ、腰掛けがわりになっているレーニンではなんともおさまりがつかない。社会主義がどうのこうのではないのである。

つい最近——といっても一昨年だったかもっと前だったか——腰掛けならまだしも、レーニンを「食っている」写真が新聞の片隅に出ていた。もちろんジョークではある。お菓子で等身大のレーニンをかたどり、まず心臓部にナイフを入れて切り分け、わいわい快哉を叫んで食べるというものであった。趣向とはいえ、いかがなものであろうか。

レーニンは徹底した実践家であった。つまり強固な意志そのものであった。そしてその意志は二十世紀全体を走り終えようとする時点で敗れた。もはや一片のケーキである。革命家と英雄とは少し違う。英雄は敗れても英雄である。敗れたほうがかえってカッコイイ英雄であったりする。しかし革命家はそうはいかない。敗れた革命家は倒産した会社の株券なみに捨てられておしまいだ。

それにしてもレーニンの風貌はいい。二十世紀とっておきの顔の一つといってよかろう。わたしはそこに最も良質のロマンチシズムを感じる。これは今後まちがいなく人類が失っていくであろうものだ。このことは記憶しておかなくてはならない。つまりレーニンは記憶しておかなくてはならない。ロマンチシズムは危険で厄介であるが、それを失くす分だけ理性的になっていくといったものではなく、むしろただ動物的要素を濃くしていく可能性のほうが高い。

このあと話がいきなり卑近になることをお許し頂きたい。わたしの知人でK県の共産党副委員長をやっていた男の話である。もともと真宗の坊主であったが、親鸞の考え方と共産主義の理念が一致するので共産党を選んだのだそうだ。どう一致するのかは聞かなかった。わたしに入党を勧めたことはない。こんな酒飲みでは党のほうが迷惑するにきまっている。当時わたしの酒癖はひどかった。かれにしてもいい酒だったかどうか。酔うとダダイストから共産党員になったフランス詩人の詩句をあたりかまわず朗誦するのである。閉口した。そのうちやたらと選挙に立候補する（させられる）などかれの党務が忙しくなる一方、わたしは地酒の〝研究〟までするようになり、つきあいは断えた。

それから数年。かれは山で遭難した。遺族の語るところによれば糖尿病の気があり、医者に運動を勧められたので急に山登りを始めたのだそうだ。わたしたち夫婦がさかんに山登りをしていた頃、いつも山の話をして聞かせていたから、あるいはそのことがかれの思い付きにいくらかでも影響したのではないかと気が咎める。たいてい一人で出掛けていたそうだ。近所をジョギングでもしていればいいものを、単独登山など無茶を続けたものである。いつか遭難で終わるしかなかったのかもしれない。

レーニンのキノコ狩りは一度も話題にのぼらなかった。なんでもしゃべる男だったから、関心がなかったのだろう。もし記憶の片隅に残っていたら党員の常として熱烈なレーニン崇拝者であったことだし、いまごろもっと〝低い山〟の落葉林でがさごそ元気にキノコ探しをやっていたにちがいない。小さなことがよくもわるくも人間の運命にかかわることはありがちなことだ。キノコは糖尿病にもいいのだから、山登りよりどれほどかよかったであろう。そのかわりしこたまキノコの講釈を聞かされたことであろうとは思う。ツキヨタケはひどい腹痛を起こすが普通だったら死ぬことはないとか、ワライタケを食べたときはモト子の顔が二倍に見えたとか。食べなくてもそんなふうの話し方を好んだ。モト子というのはかれの細君である。細君が家計のほとんどを支えていた。

かれのような人物を共産党がある程度用いたということはこの党がいい意味で多少軽みをそなえてきたということか。

ところで

「ロシアにもツキヨタケがあるかどうか調べてくれないか」

尾鈴山行のあと、わが女房どのは高価なキノコ図鑑を購入し、庭に生えるキノコの解説をしてきかせる。食えないしろものばかりだが、さすがにツキヨタケが生えたことはない。女房は気がすすまないらしく

「どんなかしらね。それよりソ連という国自体がツキヨタケみたいなものだったんじゃない

の？」

ずいぶんと大きく出たものである。

# 花火師の家

## 花火

しばらく武蔵野の一角に下宿していたことがある。欅の防風林をめぐらせた大きな農家だった。屋敷が千坪か二千坪、もと地主でもあった。代を重ねて住みついているのであろう。夏の夕暮れ、カナカナが鳴きしきった。夜明けにも鳴いた。文目も定かでない時刻に鳴くのである。

下駄ばきで〝むさしの〟なるものを探索してまわるのが楽しみだった。朝出掛けて半日、より田舎のほうへ田舎のほうへと歩く。残り半日かけて引き返す。野菜畑、雑木林、細い道、ときたま車道に出る。夕日が大きい。明治文学の名残りがまだたっぷりあった。わたしの中にも、たぶん。

当主は七十歳を越した老人だった。隠居なのだがいばっている。息子などには目もくれない。婆さんはひたすら仕えるといったあんばいだ。他に住み込みの作男が一人いた。

老人が突然わたしを花火見物に連れていくという。田舎者で線香花火の類しか知らないと思ったらしい。事実そうであったが。両国の川開きだの打ち上げ花火だの、聞いて知っていただけだ。実際に見なけりゃ花火じゃない。戦後食う物がなくて花火どころではなかった時期である。東京の連中だって花火に関する限り田舎者とかわりなかった。ひどい混みようだ。少々おじけづいていると件の老人、ちょいと御免よ、と人垣の中をすたすた進んでいく。貫禄というか、自然に道があいた。まもなく関係者以外立入り禁止というところまで来た。消防だの警察だのいる。老人は気にもとめないふうである。それどころか、かれらのほうから会釈をする。更に先へ進む。わたしはいつのまにか家来といった恰好だ。とうとう打ち上げ現場のどまん中まで来てしまった。縄を巻いた筒が並べて立ててある。えらいことになった。

周囲の動きがあわただしくなった。次々に着火。ヒュルヒュルヒュル、ズドーン、ヒュルヒュル、ズドーンまたズドーン。日清日露の大砲くらいあったんじゃないか。老人のてまえ逃げ出すわけにもいかない。そのうちいくらかなれてきた。目で追っていくと頭の真上で火玉が炸裂する。全天に花が開き、ゆっくり花弁が落ちていく。一発の花火で三百六十度地平線まで覆われ、その極彩色の半球の芯の所に自分がいる。二時間前後、数えてはいなかったが数千発、恐怖の美を味わった。

あとでわかったが老人は関東一円花火師の顔役なのであった。息子たちが跡を継がなかったので引退後は元顔役かというとそうではなく、こういう分野での顔は終身制なのだ。供を従えてひょいと現場に顔を出すなんてどうということはないのであった。

以来四十余年、花火はこりごりである。そしてなつかしい。

## エルペーノール

秋、晴夜、武蔵野では雨が降った。当初わけがわからなかった。カーテンを開けると木の間越しに星が見える。そしてぽたりぽたりぽたり。夜の冷え込みでトタン屋根に結露した水滴が落ちているのだった。戦前蚕部屋だった二階を六畳六つに仕切って廊下をつけ、そこがつまり下宿なのだが、藁屋根全体をトタンで覆ってあって、その面積が大きい。結露の量もまた多くなる。露も積もれば雨、雨は一階の長く突き出た廂に落ちていた。

こんな夜の翌日は晴れにきまっているから、廂の上にふとんを干すのに恰好である。その上で昼寝をするのにも恰好である。わたしは至福の仮眠を享受した。同じ下宿人のNさんも昼寝の常連だった。わたしの昼寝も実はかれの伝授によるものだった。九州の中学（旧制）の先輩で、わたしが入学した折かれは四年生、その年代の歳の差からすると大のつく先輩だった。

秋が深まり、下宿の周りに陸稲の黄色く色づいた穂波が打ち寄せ、走り去った。そんなある日、例のごとく廂の上でうつらうつらしていると、いきなりどえらい爆発音が鳴り響いた。びくりと痙攣が走ったものの、わたしはどうにか衝撃をやり過した。と、次の瞬間、下でドスンと鈍い音がした。

Nさんだった。かれは廂の傾きにそってではなく、少々はすかいに寝ていたらしい。人間の体はひどく驚いた瞬間、いくらか収縮して丸みを増す。つまり転がりやすくなる。こうしてNさんはいま地上にぽかんと横たわり、わたしはそれを覗き込んでいるという構図になっているのであった。「大丈夫ですか」

Nさんはかすり傷ひとつ負っていなかった。網元の総領息子で野性味たっぷりのNさんだったが、事態がのみこめるとばつがわるそうににやりと笑って起ち上がり、きみはどうもなかったのかとききかえした。

問題はあの爆発音だ。種明かしをきいてまた面くらった。畑にやってくる雀の大群を追い払うため、例年いまごろから収穫を終えるまで、花火玉を破裂させるのだという。もと花火師の家ならではの発想である。ならば新参の下宿人であるわたしと違ってNさんはとうに知っていたはずだ。

「しかしさっきのはすごかったぜ」

この家の農作業を取り仕切っている次男の説明はこうだった。年々雀たちがずうずうしくなってきた。今年はうんと驚かしてやろうと、手始めにいつもの年の倍くらいの花火玉を使ったというのだ。雀も驚いたろうが人間も胆を冷やした。どだい屋根の上で昼寝をするのがまちがっているといわれればそれまでである。たしかにわたしたち両名を除いてかように不埒な下宿人はいなかった。

M大にかよっていたNさんが卒業後どうなったか知らないままに過ぎた。ところがNさんの事故死を告げる新聞記事で再会することになった。数年前だ。再会とはいえないか。でもその後の消息を知ることができた。Nさんは郷里に帰って家業を継いだらしく、事故当時、牛深市漁業協同組合長とある。あけっぴろげな性格だったから、漁師たちを束ねる役としては適任だったろう。素潜り漁をやっていて岩の隙間に足をとられたようだ。素潜り漁は趣味だったそうだが、六十歳を越して続ける趣味ではない。歳を忘れていたのだろう。

牛深は興味深い土地である。行政区分としては熊本県に属するが、熊本県のどことも、あるいは九州のどことも異なる気風がある。ひたすら海の民の基地、大ざっぱで明るく、なにやら遥かなおもいを誘う雰囲気が町にある。数回訪れたが、潮風に吹かれて散歩したり、あれこれ魚を食べたりで、その折はNさんのことには思い到らなかった。

屋根で寝ていて転げ落ちた男の例として『オデュッセイア』にエルペーノールという慌て者がいる。先頃もその部分を読んでいてNさんを思い出し、わるいけどおかしかった。忙しい人たちのために引用しておこう。

……いちばん年若なのに、エルペーノールというのがおりまして、格別たいして
戦に武勇のほまれがあるとも、確とした分別を身に持するものとも
申せないのが、他の仲間から離れて一人、キルケーの館のうちで、
酒を飲みすぎて（屋根にあがって）臥ておりました、
それが仲間の者らのがやがや立ち騒ぐ音、物の響きの涌くのを聞いて、
突然に目を覚まして跳び起き、気も動転して、高い梯子に
さしかかってから、元の下へと降りていくのも忘れてしまい、
まっさかさまに屋根から墜落したものです。それで頸《くび》のところの
脊椎骨が砕けて折れ、その魂は冥途へ降っていったのでした。

（第十書、呉茂一訳）

全篇いささか重い感じのする『オデュッセイア』の中で、この部分は人の死が語られているにもかかわらず、読者に（そして当時語りを聴いたであろう人々に）思わず笑いを誘う弾んだ味わいがある。エルペーノールはいわば森の石松だ。おかしな奴なのである。この後オデュッセウスは冥界を訪れる。ところがそこでもまたまっ先にエルペーノールの亡霊が現れ、自分が哭泣の礼

を受けなかったこと、墓に埋葬されなかったことをかきくどく。葡萄酒を飲んだ（せいで屋根の上で眠りこけた）のがわるかったと一応反省した後だが。そして自分の武具と一緒に荼毘に付し、墓を築いてその上に櫂を立ててくれるよう頼む（第十一書）。葬送儀礼として当然の要求とはいえ、死んでもなんとなくだらしない感じが出ていて、読者もオデュッセウスと声を合わせ、「きちんとやってやるよ」といいたくなる。

　三枚目を引き合いに出して申し訳ない気もするが、しかし愛すべき人物（像）が市井にも本の中にも世紀を逐って減少しつつある――というより消滅しつつある――状況からすると、かれらが生存し得る余地を残しておく工夫も大事なのではあるまいか。かれらは絶滅危惧種なのである。高山植物になぞらえるのは形容が過ぎるにしても、かれらにはなにがしか浮き世離れした清澄なところがある。Nさんにも他人には真似のできない持ち味があった。なにをいっても嫌味がないのである。あるとき昆虫が二匹重なった状態で秋の陽を浴びていた。かれらは交尾をしたまま昼寝をするのだろうか。Nさんそれを描写していわく、「のんきに△△しとる」。性行為を意味するこの九州方言はその一言でもって万巻の恋愛小説を吹き飛ばすていのすさまじいリアリティを持っていて、並の人間が発したらまちがいなく下品野卑と受け取られるであろう。ところがNさんにかかっては少しもいやらしいところがない。自然児というか、底が抜けて自然と直結し、自然の一部になっていて、人間も昆虫もなく、まるでこだわりというものがない。かげりのない人生がかれには用意されているように思えたものだ。

廂の上で昼寝をするのはその後さすがに二人ともやめてしまった。日なたぼっこくらいしたが、眠りこけるようなことはなかった。そんな時季ではなくなったせいもある。次にやってきた武蔵野の冬はただただ寒く、欅の林を木枯しが情容赦なく吹き渡った。見えない棒で殴りつけているようだった。こんな無残な風の音に耐え続けて冬を過ごす気にはなれず、わたしの武蔵野暮らしは年を越すことなく終わった。Nさんは残った。

屋根から落ちてエルペーノールは即死し、Nさんは無傷だった。運の強い人だったといえよう。ただ、いかな強運も海の中では勝手が違っていたとみえる。

# 物識り狂
## ――段成式『酉陽雑俎』の場合

物識りといっても度外れた物識りは精神の異常を疑わせる。そこには必ず些事に対する偏執が含まれるからである。ましてこれに記録癖が加わると世に益をなすのか害をなすのかわからない。後世の人が思いがけない発見をして喜びに我を忘れるのは益である。つまらない穿鑿に時間を費やしてしまうのは害であろう。気ままにページをめくって楽しむ程度にとどめておきたいものだ。範囲を和漢に限っても物識りは数多い。それこそ物識りに聞いたらきりがないことだろう。和のほうでは先年来南方熊楠がポピュラーである。筆者など恐れて近づかないようにしてきた。ときおり目につくのは仕方がないが、依然敬遠したい人物の一人である。

漢人となると細かい事実に固執するのが民族性のようだ。そして限りなく列挙するのである。

紀元前からの性癖らしい。時代はぐっとくだってたまたま手許に東洋文庫中の『酉陽雑俎《ゆうようざっそ》』（段成式）と『夢渓筆談』（沈括《しんかつ》）がある。両書ともその類の書、両者とも圧倒的物識りである。物識りの代表格かどうかはともかく、その一角を占めるのはまちがいない。前者は疲れたときの飲み物がわりに——あるいは飲みながら——読むことがあった。後者は長年埃をかぶったままに過ぎ、近ごろやっと開いてみたところだ。ともにおもしろい。精神異常云々はもちろんジョークだ。理性は深さばかりをいうのではない。その広さも桁外れの場合がある。

『酉陽雑俎』をどんなきっかけで拾い読みするようになったか定かでない。魯迅の愛読書であったことも熊楠がしばしば言及していることも、まして沈括その他の酷評など全く知らなかった。多分みな偶然だったのだろう。偶然手にし、偶然開いたページにタラヨウのことが書いてあった、それだけのことではなかったかと思う。その頃よく庭木いじりをやっており、ある程度樹木の名を覚えたところであった。正体不明の木も幾種かあり、タラヨウがその一つだった。地方によってはジカキシバといい、字書き柴の意である。葉の裏に尖ったものでひっかくようにして書く。その部分が変色して通信文になるという寸法だ。紙がなかった時代そうしたというがほんとうだろうか。多羅、多羅葉、貝多羅、貝多羅葉など、表記、呼称はさまざまである。長崎県に多良岳という山があり、この木が多く自生していると聞く。モチノキ科。知っていたのはこのくらいだ。あとひとつぴんとこない。どうもニホン語のような感じがしないのである。そんな折の偶然だったように思う。

いまあらためて開いてみると、巻十八（七五六条）「貝多」篇がそれである。「貝多（パトラ）は、梵語で、中国語に翻訳すると、葉である」。三種あるが、「どちらもその葉に書く」。訳注（今村与志雄）が詳しく、おもしろい。パトラはパルミラヤシの類らしく、とするとわが国のタラヨウとはまったく別種である。動植物名が中国とわが国で同名異種である例は数多い。インドから中国を経てきたのであればなおのことである。片方には存在しないこともある。この場合がそうだ。それでも葉っぱに字を書くという点だけは間違いなく伝わっているところがおもしろい。パトラはエジプトのパピルスや中国の木簡竹簡に相当することになる。わが国のジカキシバが単に昔語りの領域に終わっているのは、文字と共に文房具も入ってきたからである。もちろん符号、記号を刻んで利用した可能性はある。民俗学のほうではどうなっているのだろう。

きっかけはこんなところだったとして、いまごろなぜ『酉陽雑俎』かというと、つい先だってフグを食ってきたからである。食っておかないとこの世に未練が残るような気がして、この類の店にときたま出掛ける。食い物にこだわるのは終戦前後飢えに苦しんだからに違いあるまい。空腹が数年も続けば精神に痕跡を残すのは避けられない。何十年たってもなにかうまいものを食べたいといつも思っているようなところがある。飢えがそのように形を変えて巣くっているのである。

フグは薄造りにする。身がかたいから食べやすいようにそうするのだが、ケチでしているように見えてしまう。これも飢えが残したひがみだろうか。食べ終わって満足するか索然とした思いが残るかは目下どうでもよい。問題はそのはなはだしい薄さである。これは料理というより、その限界をはみ出したなにかいやらしい技術である。技術が先走って食べる物に対する謙虚さがないように思える。

『酉陽雑俎』中、似たような話があったような気がしてきた。ほかのなにかで読んだのかなと思いながらも調べてみた。案の定あった。次のような話である。

南某は鱠《なます》を造るのが上手であった。薄ぎぬのように薄く引く。庖丁使いが素早く、リズミカルである。あるとき客を前に自慢の腕を披露していたら、突然嵐が起こり雷が鳴って、「鱠は残らず胡蝶に化して飛び去った」（巻四、二〇一条、以下条＝通し番号のみ記す）。南某は「庖丁を折り」二度と料理をしないと誓ったという。庖丁はなかなか折れるものではないから、折ったというのは文飾だろう。蝶になったというのはほんとうと思っておく。

内容はさまざま、これら千二百余に及ぶトピックスの集成が『酉陽雑俎』である。巻をおって一応分類はしてあるものの、個々の話に脈絡はない。だからこそ際限なく書き連ねることが可能だったともいえる。平行して、読む方の楽しみもまた尽きることがない。一応全部目を通したが、その時点で筆者の場合ほとんどを忘れていた。それでも、ずっと以前一度通過した町にはなにがしかの土地勘があり、親しさを感じるようなところが本の場合もある。忘れていていいのである。

邦人の記録があるのもいい。「わたしは倭国の僧、金剛三昧に会ったことがある」（一五四。この箇所、魯迅『中国小説史略』第十篇にも引用がある）と段成式はいう。その僧は「かつて中天

（インド）へ行きました」と語り、寺院に玄奘の麻のくつ等が描かれていたとか、ある寺の食堂の庭の樹に大きな蝿が数万もいたとか話している。この僧の実名（日本名）は判然としないが、ともかくその存在を知ることができるのはこの記録によってであること、熊楠が特筆するのもうなずける。あの時代、求法の情熱を感じさせる話だ。この僧は峨眉山にハイキングに出掛けたりもしている（九〇六）。そんな余裕もあったのである。どんなにか楽しかったことだろう。かれのためにわたしたちも喜びたい。

風俗関連の記事から領巾《ひれ》の話を一つ拾っておく。といっても楊貴妃の領巾がだれかの頭巾にかかり、その頭巾が帰宅後もすばらしくいい香りがした（一七）というたあいのないものだが、それはともあれ楊貴妃の服飾品ともなれば御大層なものではあったらしい。彼女一人のために数百人（一説には七百人も）の職人がいたということだ。彼女が安禄山に下賜した品々もそうして造られたものだろう。まことに傾国の女ではある。

領巾は未婚の場合長く、既婚の場合短かったろうという。そう思って読めば万葉集の歌もイメージがより鮮明になろうというものだ。ペルシャから中国を経てひらひらと、蝶のように、女たちのこだわりがこれほど美しく形象化されたものはあまりない。

『酉陽雑俎』を推す際、どうしても避けられないのが〝荒唐無稽〟論である。わが国の場合、それに対する南方熊楠の反論と義憤を紹介しつつ、今村与志雄氏自らも、『酉陽雑俎』の記事は「必ずといってよいほど典拠がある」といっておられる。碩学の言は信ずべきである。とはいえ、典拠はともかく、話の内容は信じ難いものが多いのも確かである。筆者など荒唐無稽ほど人間的でおもしろいものはない、そういう形で精神の解放を試みるのが人間である、などと思っているからなんでもないが、許さない人々がいるのもまたいたしかたない。中国では「段成式の『酉陽雑俎』の記事はでたらめが多く、中でも草木や変わった物を叙述したところは特に誤りが多い」(宋、沈括『夢渓筆談』三九一条)などその一例である。当の段成式はつとに「筆のすさびに、怪異譚にわたり、戯作をものしたものであり、正統的な学問とはいうもおこがましく」(序)とすましたものだ。

〝筆のすさび〟をもいちど植物の話に戻しておく。珍しいものはこの書ではむしろありふれているから、日常なじみのものにしておこう。

まずみかんである。帝がいう、「近ごろ、宮中に甘子数株を植えたが、今秋、実が一百五十個みのった」(七三〇)。対して宰臣が「長江以南の珍しい果物を助けて、禁中の華実とすることができたのでございます」と。やっとこさ移植したものであることがポイントだ。甘子は柑子、みかんである。王羲之『奉橘帖』に「橘三百枚を奉る。霜未だ降らず、未だ多く得可からざるなり」とあるが、かれが会稽(浙江省)の人であることはごぞんじのとおりだ。柑橘類は気候が熱くてもひどく寒くてもだめ、それこそ温暖でなくてはならない。贈るのに数えることはなかろうと思ってしまうところだが、唐に到ってなお、帝がうちの庭で百五十個とれたと得意げにいうほど貴重だったということだろう。

柿の分布もみかんと似たようなものだ。カキノキ属としては熱帯にも多数あり、かの黒檀もその一つであるが、ここでいうのは食用にする柿である。柿の木には七つのすぐれた特色があり、「一は寿命が長い。二は日陰が多い。三は鳥の巣がない。四は虫がつかない。五は霜葉が鑑賞できる。六は果実がよい。七は落ち葉が肥えて大きい」（七三三）という。PRが過ぎているようだが、このうち四は現代では誤りである。アメリカシロヒトリにやられた経験がある。三は鳥害を考える際参考になる。晩秋、山里で柿紅葉の美しさに息をのむことがあるが、五がそれである。だがなにより果実がいいのがいちばんなのはいうまでもない。

この柿はことわるまでもなくすべて渋柿だ。甘柿は日本で創り出されたものである。学名Diospyros kakiの種名は柿そのまま、おそらく甘柿が出来たあと付けられたものであろう。勝手にそう思っている。段成式がもっと後代の人であったら、こういうことも書き加えたであろうか。

福岡県の南部、筑後平野の一角に甘木市という果物のいい産地がある。いくどか出掛けた。果物でないものはないし、ブドウ（巨峰）、梨をはじめ、佳品ぞろいだ。量は少ないが質のいいリンゴまでとれる。ところが、甘木といえば柑子だろうけど、肝心のみかんだけはさほどのものではない。むしろ甘木即ち甘柿と考え、甘柿市ではサマにならないから甘木市ではなかろうかと、これも勝手に想像している。事実ここの甘柿はとりわけうまい。

# 麻とケシ

## ――プリニウスを中心に

曹操はよくよく人を殺す男であった。華佗（陀とも）もまたかれに殺された一人である。佗は当時はもとよりいまでもよく知られている人物だが、話の都合上、まず『後漢書』（范曄《はんよう》）方術伝から一部引用させて頂く。佗は

もし病源が内臓にあり、針でも薬でも届かぬとなれば、まず酒で麻沸散を服用させ、酔って知覚がなくなったところで、腹または背を切開し、病根を切除する。病源が腸や胃にあれば切断し、洗滌して、悪い部分を除去する。そのあと縫合して、よく利く膏薬を塗る。四、五日で傷口は治り、一月くらいでみな本復する。

右のくだりから、先年映画にもなった華岡青州の事跡を想起される方も多かろう。だが時代の

開きを考えれば足許にも及ばない。

伝にはこのあと佗の技法がいかに卓越したものであったか、その事例が列挙してあるが、患者はすぐに治ったとか癒えたとか、即効性が目立つ。ここらあたりがポイントであろう。何年後には再発しますよという予言も特徴的である。たしかに方術(摩訶不思議の術)なのだ。

医は実用の術であるからそんなことはどうでもよく、治ればいい。頭に持病(めまい、しびれ)のあった曹操は佗を召して侍医にするが、佗は口実を設けて逃げ出す。曹操は怒って佗を殺してしまう。

佗の話はこれで一巻の終りであるが、かれが学んだといういくつかの方術のうちには外国由来のものもあったに違いなく、薬物の処方にしてもまたしかりである。麻沸散もかれの考案というより、最先端の技術、知識として西方から学び取ったのではなかろうか。麻そのものが西から伝来したものである。いつ頃から人間が麻を薬物として利用し始めたのか、この方面について疎い筆者の知るところではないが、かなり古くからではあろう。薬物の原料名としては今日大麻と呼ぶのが通例であるけれども――はじまりは胡の麻と区別するため――もともとはもちろん単に麻であり、茎の繊維を利用したまでだ。エジプトのピラミッドで麻の織物が見つかっているし、わが国への渡来も古く、登呂の遺跡(弥生時代)などから発見されている由である。種子は量は少ないが食品として、また緩下剤(麻子仁)として有用である。繊維を取ったあとの麻殻はお盆の迎え火送り火を焚くのに利用された。重宝な植物だ。学名 Cannabis sativa の属名は小さな芦の意でケルト語だという。中央・西アジア原産。往古ケルト族の分布範囲を示す証左の一つだろうか。古い文献をわれわれアジアの文化圏に求めるなら、さしずめ中国の『詩（経）』ということになろう。植物名が多数記されているから。

　国風の中に散見するものを幾つか拾い出すと、「蓺麻如之何　衡従其畝」（麻を蓺《う》うるに之を如何んせん、其の畝を衡従《こうしょう》す）＝斉風南山篇とか、「不績其麻」（其の麻を績《う》まず）＝陳風東門之枌篇、「可以漚麻」（以って麻を漚《ひた》す可し）＝陳風東門之池篇、「可以漚紵」（以って紵を漚す可し）＝同がある（紵《からむし》は麻の属）。これらからすれば、はたけを縦横きちんと耕して（衡従す）麻を植え、繊維をとりやすくするため池にひたし、それを績《う》むという一連の農作業がうかがえる。豳《ひん》風七月篇に「十月禾稼を納る」（収穫する）ものとしてきびや稲のほか「禾麻菽麥」とあるこの「麻」は麻の実であろう。その他大雅生民之什・生民篇に「麻と麦がさかんに生い茂っている」とあるところなどからしても、麻は普通の農作物の一つであったと考えてよかろう。

　余談の余談になるけれども、近頃麻衣《まい》という女性名が珍しくない。曹風蜉蝣篇「蜉蝣掘閲して、麻衣雪の如し」に由るのだろうか。蜉蝣は大型のカゲロウのような昆虫と思われる。幼虫時代、地中に穴を掘って（掘閲して）過ごし、羽化してその日のうちに死ぬ。羽がひどく美しいのだという。かんじんの麻衣だが、まだ棉（綿）がなかった時代、麻が欠かせない植物だったことは容易に想像できる。

　ともあれ『詩』の時代までは麻は衣類とか綱の原料、あるいはその実を食品として利用したのであってその他のものではなかったと思われる。

さてこの麻から薬物を抽出するようになった時代はといえば、含まれる麻酔作用の成分量にはいちじるしい地域差があるので、それぞれの国、地域によってさまざまと考えるより仕方があるまい。わが国の麻に関してはそういう成分があるのかないのかさえ問題にならない。越中麦屋節に「麦や菜種は二年で刈るに、麻が刈らりょか半土用に」などのんきなものである。

インド産には多い。となると話はシリアスになる。細かくは多くの品種があり、呼称もさまざまだろうが、アラブではハシーシ——とかハシシュとか正確な発音はわからないが——これがヨーロッパ語で殺人を意味するもとになっているのはごぞんじのとおりである。かつてハシーシを服用させ、その勢いで殺人を行わせる集団が砂漠のある地域（ムレヘット）に実在した。マルコ・ポーロはそのことを興味深く記録している（『見聞録』第一章四二—四四）。十二歳から二十歳にかけての若者を刺客に仕立て上げるさまがおもしろい。ハシーシを飲ませていったん眠らせ、目覚めたあと、美女と音楽と美味珍肴で天国を経験させる。こうしてボス（長老）——見聞録では〈山の老人〉と呼んでいる——の完全なマインドコントロール下におく。若者たちはボスの殺人命令に嬉々として従う。マルコ・ポーロがここを通りかかった頃にはこの一団はすでに討伐されていたのだが。

こんなわけだから、この殺人請負集団とくだんの植物が、それを伝え聞いた遠い国々の人々に忌まれ恐れられたのはもっとものことだ。タイトルは忘れたが、戦後まもなく見たイタリア映画の一シーンが印象に残っている。殺された亭主を女房が膝に抱きかかえ、逃げていく犯人に向かって、アッサッシーノ（人殺し）と叫んでいるというものだった。

メキシコ産をマリファナといい、これも麻酔作用が強く、アメリカ御用達である。麻とは別のものと思っておいでの方もおありなので念のため。

数ある麻薬原料植物のうち、もひとつ最重要なのがケシである。

ケシと名の付くものはどこにでもある。先年エクサンプロバンス在住の画家から絵を買い求めたことがある。なんとしても手描きのサントヴィクトワール山が欲しかった。送られてきた絵は遠景にこの山を、近くに野を配してあった。赤一色の野。出来映えを云々するような絵ではなかったが、あたり一面にケシが咲くという傍証にはなった。実際に旅行してみると、道路沿い、線路沿い、いたるところモネの「ひなげし」である。

これら無邪気なケシたちと同様、薬用のケシも本来はもちろん野生である。紀元前千五百年頃すでにエジプトで利用されていたことがパピルスに記されており、乳首にケシの液を塗ってむずかる乳児を眠らせたという。学名 Papaver somniferum の種名は〈眠る〉意。ふるきをたずねてしばしば行き着くところ、文明初発信地の一つというだけのことはある。古代ローマの頃になると、野生種のほか、明確に作物として栽培もされるようになり、あの口やかましいカトーがケシの播種について指示していることなどプリニウスは伝え、続けて「野生ケシはハチ蜜で煮ると咽喉の治療に驚異的な効能があり、また栽培ケシは強力な催眠剤である」(『プリニウスの博物誌』巻十八・二二九。中野定雄、同里美、美代訳。雄山閣版)と記す。たまたま筆者は近年喉の調子がよくないので、それこそ喉から手が出るほど〝野生ケシ〟が欲しいところである。しかし期待される主な効能は催眠作用のほうだったようで、それも「一度に多く飲むと眠りが死に終わることすらある。これは阿片と呼ばれる」(巻二〇・一九九)。そして「堪え難い病苦が彼に生命をおぞましいものにした際、(だれそれが)このようにして死んだし、また他の幾人かの人々がそうして死んだ、と伝えられる」(同)と安楽死、尊厳死の例を記している。現代と同じで、これらに猛烈な拒否反応を示した人々も当然いたし、「注射」に用いることを禁止されたりもしたが、まもなく「ディアコディオンという有名な薬剤の形で」解禁になったという。有名といっても当時のことだから、その処方を知って現代のわれわれがおいそれと利用するわけにはいかない。

もちろん平穏無事の利用法もあるわけで、種子を炒って「田舎パンの上皮に卵を注いでくっつきやすくしておいて、その上に振りかける」など、これは現在も同じだ。ただし熟した種子に催眠作用はないので、これらのパンを食べたからよく眠れるというものではない。

なお、ディアコディオンの話のすぐあとに「その種子も、潰して牛乳を加えて錠剤にしたものが眠りを誘うために、またバラ油を加えて頭痛薬として用いられる」という一文があり、ケシパンの話と矛盾するようだが、思うに未熟の種子をいうのであろう。植物の実あるいは種子は熟したものとそうでないものとでは大きな違いがあり、それはオムファキウムの例(他日紹介のつもり）でも見られることだ。

このほかケシを配合した薬剤および日常的利用法をプリニウスは多数記しており、枚挙に遑《いとま》がない。「痛風には婦人の乳を混ぜて塗薬として塗る」など、試せる人は試してみるとよい。野生ゲシの一つ〈ヘラクリウム〉はテンカン患者に効くという。ヘラクレスは一時的に狂気に陥ることがあったから――それをテーマにした作品をエウリピデスは残している――そこからつけられた名であろう。

もっとも、「赤痢にはその（卵の）殻の灰、ケシの汁、およびブドウ酒に（卵黄を）混ぜて飲む」はいいとして、「腰痛には海外産の斑点のあるトカゲを、その頭と内臓を除き、半オンスの黒ゲシとともにブドウ酒に入れて煮つめる。そしてこのスープを飲む」となると、はたして何人が飲んだであろうか。

これらの例でもわかるように、ケシ単独でより他のものと混ぜ、合剤としてより多く利用されたもののようだ。なかには耳の薬まであり、実に多岐にわたる。リンネル漂白剤として使われたものもある。いずれにしてもケシが特別のものではなく――特別な場合もあったが――先にもいったように、かなり日常的に親しみのある植物だった点が注目される。麻に関しては「水煮した根はけいれんした関節、痛風そして同じような激痛を和らげる」（巻二〇・二五九）など紹介がないわけではないが、少ない。古代ローマではケシのほうがより身近だったことがうかがえる。ケシはまたミツバチの好む花の一つである。ケシ蜜はたぶん夢みるような味がすることだろう。

別稿でツキディデス『戦史』を考えてみたいと思っているので、ことのついでにまえもってそこから一つ、ピュロスの攻防戦にまつわるエピソードを紹介しておく。ローマより数百年遡ることになるが、ケシの利用が古くから連綿として続いていたことの一例証とはなるだろう。

時はアテナイ、スパルタ両連合軍が勝ったり負けたりしていた頃のことだ。このときは後者に属するピュロスの湾入り口、スパクテーリア島が窮地に陥っていた。スパルタは島内に孤立した自軍の兵士を救援するため、食糧を運び込んだ者には恩賞を与え、ことに農奴には「自由」を約する旨布告を出したところ、「ある者たちは、皮袋に蜜づけのケシの実や粉末の亜麻仁をつめてそれを紐で体につないで、潜水して泳ぎわたり島に荷を引き上げた」(巻四・二六)。前者は飢え、後者は渇きの感覚を和らげる効果があるというが、こういう特殊な非常食(薬)のあるなしも(わが国などにはない)かの地域特有のものであろう。ただしこのケシの実が完熟のものか未熟のものかはよくわからない。たぶん後者だろう。

断るのも気がひけるくらいだが、筆者は麻薬についてはもとより、もとになる植物についても実質的には全く不案内である。またプリニウス学といったものがあっていろいろ検討がなされているに違いないが、それとも無縁である。なのに無謀にもくだくだ書いているのは、これらの植物をむやみに恐れたり嫌ったりするのは人類として甚だしい損失ではないかという気持ちが近頃強いからである。悪魔の植物というより奇跡の植物ではなかろうか。医学的にきわめてシリアスな面に限定して利用するだけではもったいないし、まして発展途上国の闇貿易品や暴力団の資金源のままでは対処の仕方が稚拙に過ぎる。かえって悪の領域における特権的利用を保障しているようなものだ。小野蘭山は阿芙蓉、ケシノヤニについて「古渡ハ汁ノミカタメタルト見ユ」が新渡は質が落ち、「和ハケシノ汁ヲ米粉ニスハシタル者ナリ。然レドモ今ハ和ニ雑リ多キ者モアレバ、手製ニシカズ」(『本草綱目啓蒙』巻十九)と、質のいい手製を勧めている。手製は問題が多いし、現今禁じられてもいる。ただ、もっと気持ちを楽にして考えたらどうかという示唆にはなる。

生命に死を組み込む暗鬱な創世神話をある宗教は物語っている。そしてそれを正当化するために原罪なるものまで捏造している。明らかに冤罪である。しかし〝造られたもの〟というもっとも基本的なところで自律性を欠くこの生きものはその冤罪をついに晴らすことができない。だとすればその罰を和らげるため、生命の終りだけでなく、その全過程で工夫のありったけを尽くすのがなにわるかろう。遠慮はいらないのである。自虐的に、自縄自縛的に考える必要は全くないのだ。

原罪意識で飼われ、ついでにその原罪にそって生きてきた生きものは当然ありあまる悪知恵を身につけている。野放しがいいとはいわない。が、今までと逆方向の考え方もあっていい。ほんの僅かのラディカリズム。門ごとにケシとインド産の麻をともいわない。せいぜい社会的整備をしなおした上で、犯罪仕様、苦痛仕様の精神と身体にそろそろさようならを告げてもいいのではなかろうか。原始の神が与えた条件内で何千年もぐずぐずしていることはないのである。砂漠のムレヘットでは困る。だが古代ローマは参考になるだろう。

# 殉教VS.隠れキリシタン

東シナ海から吹き寄せる風は妙に懐かしい。この海が担った歴史がいまそこにやって来て、話しかけているように感じられる。古代から現代まで、ここを経過した時間は長い。それらは通り過ぎていった時間である。でも全部が全部そうといったものでもなかろう。蓄えられた時間もあるだろう。目に見えないそれらが風となって吹き寄せるのではなかろうか。

風が吹き、海浜植物が繁茂する丘の上で、例年山羊を犠牲として捧げる。過ぎ越しの祭かなにかだろう。そういう習俗を今に伝えているとすればクリスチャンというよりキリシタンである。事実この話をしてくれた少年はキリシタンであった。より正確にいえば隠れキリシタンの子孫であった。聞いたのは五十年以上も前、おたがいが少年だった頃だから、この旧約聖書ばりの儀式を西暦二千年の時点で維持しているかどうかわからない。二百数十年隠れていた間よりも、（それに明治以後太平洋戦争末までを加えたよりも）、この五十余年のほうが世事万端変化が甚だしいからだ。当人はキリシタンと呼ばれることに抵抗があるらしかった。世間ではまだ耶蘇という言葉が一部生きていた頃のことである。

さきの戦争中は当局との間でぎくしゃくしたところもあったらしい。詳しいことは省くが、なにせ頑固なもと隠れキリシタンとなると、屈折の度合いも大きかったろう。

教会は集落より一段高い処にある。かつてある歌人がコレジョ跡を「……あらくさにまじるコスモスの花」と詠んだのはここではないらしかったが――わたしは長い間ここだと思い込んでいた――青い空を背にすっくと建つこの教会には歌のイメージどおりコスモスが似合いそうだった。神父さんが明治期、種子を携えてきたという話をどこかで聞いたような気もする。かれらは代々ヨーロッパから派遣されて来ていた。この教会もなんとか派なんとか教区の直轄なのだろうか。温厚な教養人がたどたどしい日本語をしゃべるのはいいものである。

村に篤学の郷土史家がおいでなので、訪ねていってキリシタンの話などうかがいたいところだが、ひどくまじめな方だと聞くので二の足を踏んでいる。だいたいのところをお願いしますなどといったら叱られてしまうだろう。

そんなこともあって、キリシタンに関するわたしの知識は少年期の頃と大差ない。ただときおり、なぜあんな大袈裟な死に方をするようになったのか、ほかに手だてはなかったのかと思ってしまう。いまだったら国連が乗り出すようなことをやらかしているのである。大量虐殺と集団自殺とを混ぜ合わせたようなこの事件は何百年たっても寝覚めがわるい。こんなのを殉教というのなら、殉教はどうあっても願い下げである。

ところが事件（島原天草の乱）の経緯をいくらかでも辿っていくと、いわば事実の論理といったものに捕えられ、どうしようもなかったんだなあと思ってしまう。殺すほうと殺されるほうとの道筋が絡み合い、ほかの筋立てを考えることができなくなる。歴史を読むということ自体、その必然性を納得させられるということだろう。脇へ脱け出すことができない。

もちろんなになにでなかったならばという気持ちがそう簡単に消えるものではなく、たとえば乱の指導者層についていうと、大坂夏の陣、藩の取り潰し等がなかったならば、そしてキリシタン浪人が発生しなかったならば、とか、それよりいっそのことザビエルがやってこなかったならば、いやそれより前、野心家たちによる世界航路の発見がなかったならば――といったあんばいだ。因果の連鎖を遡行しているうちになにがなんだかわからなくなってくる。つまり空想とかわりなくなってくる。歴史の一項目を変えようとすると歴史の全過程を改造しなくてはならない。

江戸時代、支配階級の全経済基盤が貧しい農民たちの上に乗っかっていた。文字通り搾取である。凶作等の場合、百姓一揆が発生しないほうがおかしい。島原天草の乱も基本的にはその一つだから、搾取の度合いがも少し低く、農業の生産性がも少し高かったら、あるいは乱は起きなかったかもしれない。言っても詮ないことだが。乱後の措置にはいくぶん改善があったが、それも乱があったればのことであってどうしようもない。

これに宗教が加わる。宗教はよくわからないものの一つである。わかったような言い方はよくないだろう。だがわからないと言うことくらいは許してもらわなくてはならない。わたしなど世界や生命に関して述べられる重々しい命題――宗教のそれをもちろん含む――のすべてよりも、〝命あっての物種〟という俗な言い分のほうが優先すると考えるから、命を捨ててどうのこうの――たとえば信仰を守る――という思考回路の存在そのものが理解できない。ましてや地図上のあある地点をめぐって千年も二千年も多数の死を積み重ねて争うなど、まったくもってわからない。

ただしこのことは宗教そのものを否定する理由とはならない。たとえば宗教に含まれる嘘や思いなし、思い込みが役立つことがあることも認めざるをえない。その効能は嘘も方便以上かもしれない。人間のありようそのものが不安で、かつそれを解決できないものであるなら（ひところはやった言い方をすれば不条理なものなら）、嘘から始まる思想信条の体系でも役に立ちさえすればプラスの方向で評価していいことにならないだろうか。奇妙な憧れをそそり、それを満足させるかのような言説の発明は、もしかしたら人間が自分の死すべき運命に対してなしとげた最良の防衛策かもしれないのである。また、人間は限りなくだめな部分を心の奥深く、かつ広範囲に持つものだから、その度し難い部分に枷をはめ、生活上無害な心情と行動のシステムに封じ込めておくのは必要やむをえないことである。そのために、結果的には政治を補完する形で、宗教がこれまでに着想した数々の教理《ドグマ》と施策には、たしかに〝神〟の御業と呼ぶほかない見事さがある。そこのところも評価しなくてはならない。

ではその発明品の一つであるハライソを信じるが故に拷問の責め苦にのたうちまわるという矛盾はどう考えればいいのだろうか。思弁哲学の迷路である神学が何らかの答えを用意しているに違いないが、わたしたちはごく普通に考えればいい。乱が起きる前から宗教弾圧はあった。だがそれは当初から信者を囲い込み、逮捕して処断するといったものではなく、むしろ懐柔が主だったようだ。生産者の数を減らすのは得策ではないからである。踏絵とて、踏んで命が助かるものなら踏めばいい。取り調べる側にしても、ごまかしてはいかんぞ、ではなく、（一応はそんな恰好だが）ともかく踏んでくれ、ではなかったろうか。

信者の側からすれば、異教徒を前にして誠実に対応しなくてはならない義理はないはずだ。ところが純粋というか依怙地というか、信者たちはそうではない。かれらの指導者（宣教師）はなぜ生き延びるほうを助言しなかったのか。信者を死に追いやった責任はかれらにもある。かれらは励ますだけだった。

拷問に苦しみ死んでいった信者のありさまを宣教師たちは報告書にしたためている。なげき悲しんでいるかというとそうではなく、讃美する調子である。信仰を守り通したということだろうが、苦痛を肯定し讃美しているようにも受け取れる。そうなると苦痛を与える側に加担しているのと同じではないかという疑問が生じてくる。人間は本来苦痛を好まないものだ。とするとこの宗教は人間を愛さないのだろうか。

棄教する者が出てくる。〝転び〟である。ほんとうに棄ててしまう者と、表向きは棄教し（ここで苦痛と危難から身を躱《かわ》す）信仰は持ち続ける者とがいる。

転向問題は歴史上のいかなるケースにおいても忌まわしい響きがある。いつも厳しく、深刻に語られてきた。それがある年月を経ると阿呆らしくさえなるのだから、たまらない。獄中で苦しみあるいは獄死した共産主義者たちにとって、その主義とは何だったか。節操という徳目だけが埃を被った展示物のように残っている。宗教においても同じだ。

もとよりだれしも生をうけたその時代に生きるのであって、後の時代に生きて行動するのではないから、政治的思想的また宗教的節操は意味のない格率ではない。言葉や行動の一貫性は本来社会的に有効なルールである。ということは有効と思えない場合、それを相対化する余地があって当然だろう。隠れキリシタンであることはその剣が峰に位置し、耐えることだった。危うく、そして見事に生き延びたのである。

隠れキリシタンの子孫とみられる人々は現在寥々たるものだ。イベントでやるキリシタン千人行列など、おおかたが無宗教的仏教徒とみていい。キリシタンは最終的には絶滅策の対象となったということもあるし、幕府側の思惑通りいつとはなく仏教徒に戻った者たちもいたろう。乱後の入植者層に吸収されたことも考えられる。いずれ然るべき研究があるに違いない。春日八郎が「ロザリオの島」と歌ったのは、どこの観光スポットでもロザリオを売っているということだ。

初めに紹介した少年の故郷大江が外海に向かって開かれた地形をなしているのに対し、隣の崎津はまるで違っている。樹影の濃い岬が深く切り込んだ入り江を抱くように外部から遮り、この漁港全体がいわば海辺の隠れ里といった感じである。訪れた人は知らない間に隠れキリシタンということばを脳裏に浮かべていることだろう。

弾圧が激化し、キリシタンの歴史が終末期に入ろうとする頃、ここにコンフラリアという信徒組織が結成されている。それ自体は珍しいものではないが、時期が注目される。素人考えを述べれば、蜂起が敗北に終わった後、まだ組織としては若く、精神的高揚を持続していたであろうこのコンフラリアの記憶が、隠れキリシタンへの移行を容易にした可能性はありそうだ。

いうまでもなく崎津に迫害の手が及ばなかったということではない。隠れるといっても迫害を受けたその土地に隠れるのである。かれらはその後その間二百余年、ただの一度も呪詛のことばを神に投げ掛けた様子がない。そのあまりの善良さが哀しいくらいだ。

そうそう、例の少年は長崎で医を学び——なんとクラシックなコース——現在本渡市で内科の個人病院をやっている。開業の際電話をくれた。かれの律儀さも並大抵でない。

# イルカ記

眩しい海辺で不思議な物語が生まれるのは少しも不思議でない。目を瞑《つむ》って立ちくらみに耐えているわたしたちを遠い世界がひとのみにのみ込んでしまう。

コイラノスが波打ち際を散歩していたときのことだ。ここはミレトス、ギンギラの海である。足裏の冷たい感触が快い。と、捕えた一頭のイルカを囲んで数人の男たちがなにやら相談している。イルカの運命がよくない方向へ傾きつつあるのはよそ目にも推測できた。たまたま懐になにがしかの金子を所持していたコイラノスはそのイルカを買い取り、海へ放してやった。まったくの気まぐれだった。さて毎日平穏に暮らしているコイラノスであったが、あるときよんどころない所用で出掛けることになり、運わるく乗っていた船が遭難してしまった。全員絶望かと思われたなか、かれだけ一人助かった。イルカが浜辺へ押し上げてくれたのである。

かれが生涯を終え、その葬列が海辺の道にさしかかったときにも、信じ難い光景が出現した。なんとイルカの群れがその葬列と平行して静かに泳いでいくではないか。

イルカが参列した葬儀は珍しいといえよう。ミレトス版浦島太郎はハッピーエンドなのがいい。昔むかしのお話です。

こどもの頃よくイルカを見た。沖を五、六頭、グループで通り過ぎる。息つぎのため海面へ浮上するのが見えるのである。関心はなかった。ただ漁師がイルカを好まないことは知っていた。漁場を荒らすからだ。近年は漁船を改造し、イルカウォッチングで稼いでいる元漁師もいるというから、隔世の感がある。イルカへの関心は戦後に入ってきたものだ。西欧人にとってははるかミレトス以前より続く海の友人だろうから、わたしたちとはかなり隔たりがある。わが国ではイルカより亀だという人が今でも多いだろうが、幼い者に聞かせてやるには亀よりイルカの時代かもしれない。

「海の動物の中で話題の最も多いのはイルカ」であるから話にこと欠くことはない。アリストテレスはそれらの話を手際よくまとめている(『動物誌』第九巻四十八章)。しかしそれらに多くを負っているプリニウスのほうがより詳しくおもしろいと思うので、とりあえずそちらを利用することにしたい。話は主にその第九巻（20－33）に集中しており、煩雑を避けるため、いちいち断らない。

まずイルカが水陸を問わずあらゆる動物のうちでいちばん速く、「鳥よりも、投槍よりも速く突進する」とあるが、それほどでなくても、スピーディに行動することは確かである。これが採餌を容易にかつ確実にするとともに、凶暴な海獣から逃れることを可能にし、イルカの安定した生存を保障していると思われる。

イルカは「こどもが生長しきってからでも長いことつれそっている。イルカのこどもに対する愛情はそんなにも深い」。イルカは自分のこどもに対してだけでなく、どうやら人間のこどもに対してもそうらしく、その点を借り受けて近頃は自閉症児の治療にも用いられていることはごぞんじの通りである。はるか昔の知見を今頃気付いた恰好だ。イルカの無私はもちろん人間よりもずっと純度が高いのである。

次のような例はどうだろう。イルカがある少年に恋着して、少年が立ち去ろうとしたときかれを追って「砂の上にのし上がり、息絶えてしまった」とか、別の例ではこれも少年に馴れ親しんだイルカが少年を「背中に乗せ、湾を横切って（対岸の）学校へ連れてゆき、同じようにしてまた連れて帰るのであった」が、少年が病死するとイルカも死んでしまった。このような例は男女間の情愛にも似ていて――プリニウスのことばでいえば「これは明らかに恋いこがれが原因である」――節度を尊ぶ古典期の教養人には度が過ぎているように思えたふうである。

ほかにもイルカが少年を背に乗せて海を渡っていったとき嵐にあい、少年が死亡、イルカは責任を感じてか「乾いた砂の上で死んだ」例がある。「そうした例は限りなくある」ともいう。

なかでもイルカが殺されるという悲劇に終わったヒッポ・ディアリトゥス（今のチュニジアの海岸）での出来事は〈イルカに乗った少年〉の代表例ともいえそうなので、見ておく。この話もプリニウスにあるが、甥のプリニウス（区別する際にはこちらを小プリニウス、叔父を大プリニウスという）がより興趣ある書きかたをしているので、これだけかれに拠っておく。

小プリニウスは多数の書簡を残しており、当人も書簡文学ということが念頭にあったようだ。もちろん事務的な書簡も少なくなく、トライヤヌス帝との間の書簡などはそうだ。これから紹介するイルカと少年の物語はつまり文学のほうである。宛先は友人カニニウス・ルフス＝詩人。さいわい国原吉之助氏による『プリニウス書簡集』が邦訳出版されているのでそれを利用させていただく。余談になるがこういう訳業は実にありがたい。

話はディナーの席上、偶然ある「信頼のおける人」から聞いたことになっている。叔父のことだろう。

ヒッポはローマの植民都市である。海は少年たちの遊び場だ。いいところを見せようとことさら沖まで泳ぎ出た一人の少年に一頭のイルカが近寄ってきて、後になり先になり、周りを旋回し、

「下に潜って少年を背中に乗せ」たり降ろしたり、沖へ連れて行くかと思えば岸へ連れ戻す。噂が町中に広まり、海岸は見物人でごったがえすようになる。ほかの人々が近寄って行って手で触れても逃げない。いわば市民ぐるみイルカとの交流である。

イルカと少年の間はますます密になり、イルカが一緒に砂浜へ上がってきて体を乾かし、熱くなると海へ転げ込むといったあんばいだ。

他にも同趣の話があり評判になったのはよかったが、役人たちがあちこちから見物に来るようになった。かれらの出張がどんなものかは今も昔もいずこの国も変わりない。経費がかさみ、町の財政を圧迫するまでになった。住民たちにとっても観光客の増加でいまや騒々しいばかりである。とうとう「当のイルカをこっそり殺すことに」たち到ってしまった。

悲劇ではあるが、大プリニウスも「ヒッポの人びとはやむなくそれを殺した」と住民たちに理解を示している。

イルカと人間の交流を物語る話はアエリアヌスの『動物誌』など他にもあるが、たまたまアリストテレス、大プリニウス、小プリニウスと辿ってみて思うことがある。最初に生物学つまり科学の対象としての記録、次に話の内容は同じにしても、より地誌的関心を中心にした話題の収集、それから文学的興趣に重点を置いたもの。それぞれオーバーラップしながら進むこの過程を知的衰退と捉える人もいるであろうが、逆に緑を茂らせ、実り豊かになっていく過程と考える人もいていいだろう。文化とはなにも科学の発展をのみいうのではない。さまざまな変容もまた生き生きとした文化の姿である。

イルカを医療の手助けにする話は先に書いた。かつては漁にする際にも使ったようで、「イルカが人間の漁夫と共同で魚をとっている」例を大プリニウスは記録している。一種の追い込み漁であり、その勢子をイルカがつとめるわけだ。対象はボラの大群。褒美に「ブドウ酒にひたしたパン粉のこね合わせ」たのを与える。イルカにとってはそれが御馳走なのだろうか。むしろかれらも漁を楽しむのが主目的ではなかったろうか。

イルカが古代いかに近しい海の動物であったかはパウサニアス『ギリシア記』によっても知ることができる。それによると各地にイルカのブロンズ像があった。人間がイルカにまたがったり、片足を乗せたり、ほか、水を吐いている像とか。わたしたちの海域にもイルカは太古からいたはずだが、イルカはおろか、海の生き物との交流を示す話は乏しいようだ。ひたすら食の対象であって、食えないものは関心外である。例外は亀と憎悪の対象としてのサメだ。

太平洋戦争末期のことだ。イルカを一度きりだが食べたことがある。近くの漁村で捉えたものの一部を山村の欠食児童たちのためにというので持ってきたらしかった。農協を通しての配給だったが、どうにもならないほどまずかった。以前から食べないのにはちゃんと理由があったのだ。イルカを食べる少年にされたわたしたち数十名の疎開児童は翌日からまた欠食児童に戻った。

この時期、敵国ではイルカを特攻隊がわりに使う訓練が行われているという噂だった。真偽はともかく——ほんとうだとしても——訓練の段階で戦争が終わり、むごい話を聞かずに済んだことになる。人間魚雷もイルカ魚雷も良質の知恵ではない。


小プリニウスについて補註の意味で二、三付け加えておく。

大プリニウスの甥ということは先に述べた。先輩格の同時代人にタキトゥスがいる。両者とも執政官をつとめ、また両者間には交流があった。書簡の往復も残っている。タキトゥスの『同時代史』に自分のことを書いてくれるように頼んだりしていておもしろい。小プリニウスは叔父のような大学者でもなければタキトゥスのような迫力ある文人でもなかった。行政官としては控えめの手法をとり、私人としても穏やかな家長だった。広いブドウ園といくつかの別荘を持ち、いかにも小市民的幸せの中で生涯を送った人物である。物足りないといえばそれまでだが、小市民的煩わしさの中であくせくしているわたしたちに、察せられるその人柄が寒い季節日溜りの中にいるような慰めを与えてくれるのもたしかだ。

噴火直後のヴェスヴィウス火山へ調査に出掛けて亡くなった叔父プリニウスの最期を——求められて——タキトゥスへ書き送っている。それらについてはいずれまた。

# 魚食い族

何を食うか。生あるものは永遠にこの課題から逃れられない。人が人に対して持つ関心も第一にこれである。あいつらは葉っぱを食うか肉を食うかそれともなにか特別のものか。現在は地球上いずこも雑食の方向にあるから、食による区分けはアナクロニズムのように思える。しかしそうとばかりもいえない。加えて何々を食べない国や民族の区分けも必要になってきた。何を食わず何を食うか。

数年来外食生活を続けている。一年や二年はよろしい。五年六年となるといささかうんざりである。寿司天ぷらステーキ刺身鰻イタメシを順繰りに食う。どんな料理でも年中食べていたら次第に苦痛になってくる。近くに食い物屋が数百軒あるが、結局これらのどれかである。商売用の料理となると、もともとそんなものだろう。こんなのより何が何だかわからないいわゆる家庭料理が結局は飽きがこないいし、そういう意味ではうまいのである。だったら自分で作ればいいではないか。やってみた。暫くやってある日いやになった。断固煮炊きはしないぞ。それからまた完全な外食生活である。先日ガス会社が点検に来て積もった埃を見ていうには、埃は不完全燃焼の原因になるから危険だと。一年に一度か二度子どもたちが帰ってきて使う。わたし自身はお湯も沸かさない。電気ポットも捨てた。ペットボトルを買ってきて飲む。外食といっても早朝は行きつけの店が開いていないから、朝食はその水とパンだ。阿部謹也氏の『中世の罪と罰』の、その罰にあたる食事である。囚人として一日を始め、昼と夜が外食ということになる。

そうこうしているうちに、気が付くと外食メニューのローテーションがくずれ、魚ばかり食っている。刺身とアルコールという組み合わせである。漠然とだが体調が気になりだした。これでいいのか。

魚をよく食べる人種は多い。しかしそれも程度ものということだろう。自分以上に魚を多食する連中がいれば参考になることもちろんである。そこでその種族名も魚食い族（イクチュオパゴイ）なるものを思い出した。古い記録にちょくちょく顔を出す。思い出すまま、二、三拾い出しておく。

初めは例の如くヘロドトスである。ペルシア王カンビュセスからスパイ役を仰せつかってエチオピアに使いしたイクチュオパゴイが出てくる（巻三・一九―二五）。史家の記述はこのあとカンビュセスの異常な精神と行動が主眼であるから、魚食い族そのものについては多くを語っていない。われわれは一応その存在を知るといった程度である。

ストラボンは少しかれらの生活ぶりを記している（C七二〇）。それによると「自分らも家畜も魚を食用にし（中略）家畜の肉も魚くさい」。魚が主食なのである。ただし魚のみを食べるのではなく、パンも食べるが、そのパンたるや「魚を天日で焼き上げた後、（魚の背骨で造った）深鉢に入れて砕く。それから穀物を少量混ぜて作る」といったものだ。なぜこうなったかというと、かれらが住む土地は「しゅろ、トゲのある食物、タマリスク柳以外どんな樹も生えない。水と栽培穀物の何れも乏しい」からだ。魚は生食が主であるという。

ディオドロス『神代地誌』（ビブリオテーケー）ではもっと詳しく、漁のさままで記されていて興味深い。仕掛けは潮の干満を利用した至極簡単なもの、女性こどもも総出で干潮の際窪みにとり残された魚を手づかみにし、陸へ放り上げる。仕事というよりお祭り騒ぎである。四日間漁を続け、たらふく食べかつ歌う。「五日目に入ると、全員が山麓へ水飲みに急ぐ」。だれもが喚声を上げて進むその行列は「喜びに満ちあふれている」。まるで小学生のハイキングだ。腹がはち切れるほど飲み、その日は何も食べず、その翌日からまた漁に出る。つまり四日の漁プラス一日の水飲み行進計五日のサイクルを生涯繰り返す。ディオドロスの記す通りだとすると、このアラビア湾西岸の部族はお祭り騒ぎの一生ということになる。ここまで（巻三・一五－一七）だとユートピアの民だ。なおこの行進についてはストラボンも簡略に記している（C七七三）。

だが漁民族の生活にも地域差があり、アラビア外洋沿岸にはとても信じ難い「常識外れ」の集団がいたことをディオドロスは続けて記している。その連中は飲料水をとらない。魚が水分を含むからだというが、いかにも奇異である。そのせいかどうか（麻薬説もある）かれらは完全に無感動で、「子供や妻たちが喉をかき切られるのを目の前にしても」感情を動かさないという（巻三・一八）。こうなると不気味である。魚ばかり食べて片や陽気な行進族、片や無感動族がいる。後者になったら大変だ。

話のついで、あと少し何々パゴイの話を続ける（巻三・二一―）（パゴイは食べる人々の意、魚＝イクチュスを食べるからイクチュオパゴイ）。ケロノパゴイ（亀食い族）もいればリゾパゴイ（根食い族＝葦の根を食う）もいる。スペルマトパゴイ（種食い族＝木の実を拾って食う）やいまではかえって理解しやすいストルトパゴイ（だちょう食い族）など、きりがない。これら分類の執拗さにも食への強い拘りが窺えるのではなかろうか。それはともかくアクリドパゴイ（いなご食い族）の例になると不気味さも極に達する。

この種族はいなごを「生涯常食」にする。大量に獲れるから保存食にもする。ストラボンによると「これに塩を混ぜて搗いて、こね菓子を作り食用にする」（C七七二）ともあるから、同じ節足動物ではあるし、わが国のエビ煎のような味であろうか。しかしこの後この種族の人々に訪れる最期は悲惨だ。ディオドロスに戻ってその有様を見ると（巻三・二九）、かれらはある年齢に達すると全身から虱が吹き出して来て、「疥癬に罹ったような痒み」とやがて「刺すような痛み」に苦しめられ、「身体が……崩れ果てて生涯を終える」。原因はいなごという特異な食べ物のせいかどうかわからないという。いなごが主という極端な食の偏りがあるいはそれを誘発する原因の一つである（可能性もないではない）というところか。さきの戦争中いなごを食べた方も多いと思うが、量は大したことはなかったろうから、御心配には及ぶまい。

なおこの虱症は古代において格別珍しいものではなく、ギリシアにおいては詩人アルクマン、ローマにおいてはスラがその気の毒な有名人である。アリストテレスは原因について「体内に水分の多いときに起り」（『動物誌』第五巻三十一章＝この章にはいろんなシラミが紹介してある）というくらいで、はっきりしない。近代人の目からすると発疹チフスかともいうが、水分の多そうなシューベルトの肖像を思い浮かべると、あるいはそうかもしれない。

魚の話がいなごから虱の話にまでなった。脱線もこのくらいにしておこう。

魚が体にいいといっても魚ばかりというのはやはり用心したがよさそうだ。栄養の偏りもさることながら、近年有害物質の蓄積が問題である。そこで野菜を摂ることにした。新たな決心ではりきっていたとき、吉祥寺に住む友人が来合わせ、野菜を蒸して食べる方法を伝授していった。やってみた。だがかれには申し訳ないが、長くは続かなかった。湯を沸かすことさえしない者に、野菜を買って来て洗って切って蒸すという一連の作業はとてものことではなかった。かわりに青汁を飲むことにした。大麦若葉がいいというので粉末を水に溶かして飲む。今までの欠乏を補うために一日に数袋用いたところ、これがいけなかった。猛烈な下痢である。所詮人間は馬ではない。普通のものを食っていたほうが無難だ。

魚食に戻ったのはいうまでもない。ときにはフランス料理店にも行く。一人で黙然と食べる姿を店の者は怪しむふうである。ほかにもいろんな国の料理を食べてみた。いずれも見聞を広めるといった程度の食味で、一度も敬意を覚えたことがない。

マグロや鯨はうまいが、世界中からマグロ食い族、鯨食い族といわんばかりの非難をわたしたちは受けている（古い時代の鯨食い族は岸に打ち上げられたのを食うのであって捕鯨ではない）。罵られながら食べてもうまくないという人と、いやそれでもうまいという人がいる。

平凡でうまいものがあればそれが一番いい。桜鯛といって鯛の旬をいうが、桜が咲いたところで格別うまくなったようでもない。店の亭主によると、上物は大都市の料亭へ持っていってしまうのだそうだ。暴動の際にはまずこういう所をぶち壊すべきである。

西日本ではあまり馴染みがないけれども、なんとか手に入るもののうち氷見（富山県）の寒ブリはいい。観光客が買っていく四、五キロ級はだめであって、ぜひとも十一、二キロを超える大型でなくてはならない。水揚げされたその日のうちに空輸わが行きつけの店に届く。そしたらすぐ女将から電話があることになっている。同じ天然ものでも他県のものとは魚種が違うように違う。電話があるとその夕刻必ず出向く。懐具合がどうのこうのといっている場合ではない。昨年の冬はしばしば電話があったが、今年はわずかだった。大型が獲れないんだそうですよと女将はいっていたが、そうではあるまい。不景気で客が減り、さっとさばけないのだ。次の冬はどうだろう。氷見の寒ブリも店も幻と消えたでは困る。

世界中どこでも魚は食べるが、地域差のほか時代差もあるようだ。ホメロスに魚をうまそうに食べる箇所があったかどうか、なかったような気がする。後代にはかなり賞味するようになった。兵隊が出掛ける際にも魚を持っていったようだ。塩漬けにしたのをイチジクの葉で包んでいくのである。もっとも、わが国の鰹節には遠く及ばないだろうが。鰻も食べた。なかでもコーパイス湖の鰻が知られていた。アリストパネス『アカルナイの人々』や『女の平和』にも出てくる。浜名湖の鰻といったところだろう。どう料理したか知らないが、これもわが国の蒲焼きというわけにはいかなかったのじゃないか（鰻については別稿でまた）。なんだか食い物の話をするとナショナリストになる。

外国の魚料理で忘れられない経験がある。サンモリッツ湖を見おろすレストランで食べた鱒料理だ。その日は小型バスに揺られながら渓流で泳ぐ魚を見付け、あれは鱒じゃないか、とひとははしゃぎした後だった。出されたのが鱒。努力して三分の一食べたがもういけない。すぐにも逃げ出したい。ドアを開ければ外は風よ光る湖よ。そして銀嶺の連なりがあった。

これなども、わたしたちのたとえば岩魚の塩焼きが百倍はうまい。千曲川の上流で獲れた尺近い岩魚、五十年も前だ。次に食べるときは命なりけりということになるのだろう。

※ディオドロス（シケリアの）。その大著『ビブリオテーケー』のうち最初の六巻＝『アルカイオロギア』と称される部分（ただし第六巻は断片）が飯尾都人氏により『神代地誌』の書名で邦訳出版されている。龍渓書舎。それを利用した。ディオドロスについての評価はさまざまだが、その地誌的面白さは大である。生没ともに前一世紀。

# 青白眼の人

年齢を六十歳でとりあえず御破算にする習俗のなんと楽しいことではないか。この算法に従えばわたしはいま少年期の入り口にいる。そしてそれを証明するかのように、最初の少年期に抱いた疑問がひょっこり顔を出したりするのだ。青い眼白い眼の問題もその一つである。

その男は気に入った友人が訪ねてくると青い眼で迎え、そうでない者には白い眼で対応した（「能ク青白眼ヲ為ス」）というのだが、眼を白黒させるとはいうものの、白青させるとはいわない。生っ粋のアジア人にして青い眼とは何ぞや。

要するに黒い眼ということらしかった。でも青雲の志などという青雲は黒い雲かというとそうではないらしい。かといってブルーの雲などありそうにない。青は晴や晴に通じる、青い眼は澄んだひとみ、青雲は青空に浮かぶ雲だとものの本にあったが、これが正解なのか強弁なのかいまだにわからずにいる。そんなことより十干十二支を一回り経たあとの少年にはその眼玉の持ち主のほうが気になってきた。

阮籍の交遊グループが集まったのはごぞんじ竹林である。竹林には通常蝮や蚊が多いから、片隅に竹が少々生えている程度の庭だったかもしれない。下僕に草を刈らせ、周りに蛇除け虫除けのため、お手のものの硫黄を撒いたりしたのではなかろうか。そこで酒盛りと放談、楽器もかき鳴らすとなれば、不良中年が屯しているのとかわりない。ただし、放談と見えながら、かれらの語らいには厳しい自己規制があった。めったなことをいって外に洩れたら殺されかねない。話はぜひとも俗世を超越した〈清談〉でなければならなかった。

年表によると西暦二一〇年、曹操が銅雀台を築いた年に阮籍は生まれている。かの諸葛孔明が出師の表を奉り、魏と戦ったのが二二七年、阮籍十七歳の折だ。孔明最後の戦いとなる五丈原でかれと相まみえた司馬懿仲達が力を蓄え、のちに曹爽を殺して魏の実権を掌握したのが二四九年である。曹氏が政権を簒奪したやり方も、その曹氏からそれを奪取した司馬氏の手口も陰険だった。もうたまらんというので出来たのが阮籍たちの清談クラブだ。阮籍はその頃四十歳ほどになっていた。

当時の文化状況を知るには魯迅の『魏晋の気風および文章と薬および酒の関係』がいちばんだろう。時代と阮籍の周辺がわかり、文句なしにおもしろい。因みに仙薬というより〈一種の毒薬〉である五石散の話はことさら興味をそそる。漢代の古詩にも「服食して神仙を求むるも、多くは薬に誤らる」とあるように、奇妙な仙薬を服する向きは古くからあった。

さて清談に耽り、浮いたか瓢箪軽ソに流れるといかないのが人間である。どこかで本音を洩らしたくなる。それができない。となると当然ことばは幾重にもヴェールに覆われ、屈折を極めたものになるだろう。阮籍の詩はまるで韜晦の見本だ。

読みづらいかれの詩ながら、そこは長い訓詁注釈の歴史がある。かれの『詠懐詩』八十二首中十七首が文選に収録されてもいる。わたしたち日頃漢詩文になじみのない者でも、おおよそは察しがつくというものだ。

夜なか眠ることができず
ベッドに坐り直して琴を弾く
カーテンが月の光に照らされ
さわやかな風が襟元に吹いてくる
一羽のおおとりが野づらで叫び
北の林では雁が鳴く
さまよい出て何を見ようというのか
ひとり憂いに沈むばかりだ　（『詠懐詩』第一首）

眠れないのは不安や恐れがあるからだ。更年期の不定愁訴とは違う。この時代、いいがかりをつけて殺された文人は幾らもいた。しかも身近にいた。

竹林で半ばやけっぱちのシンポジウムを開いていた〝賢人〟たちは礼教を軽んじ、老荘を尊んだとされる。かれらもそう公言している。これには二つの面がある。老荘という浮き世離れした思想にのめり込むことは浮き世離れしようという意志と行動の一端にほかならないから、これは現実と積極的に対峙する姿勢の放棄を意味し、当局側を安心させることになるのが一つである。もう一つは支配のイデオロギーすなわち礼教に背を向けることになるということだ。支配の頂点に立つ権力者にとっては要注意である。司馬氏は礼教を踏みにじって権力を手中にしつつあり、手中にしてしまったも同然であったが、すでにそうなってしまえば礼教は秩序の維持保全に甚だ都合がいい。その礼教を否定しようというのだから、疑いの目を向けられても仕方がない。「湯武をそしり、周孔を軽んずる」ようなことばかりいっていては必ず指弾されることになろうと、かれの竹林仲間の一人嵇康は自身のことをいっているが（『山巨源に与えて絶交する書』）、まさしくそのとおり嵇康は因縁をつけて殺されてしまう。阮籍は用心の上にも用心した。皮肉にも最高権力者司馬昭当人から、阮籍は「この上なく慎重だ」（『世説新語』徳行篇）と讃められるくらい用心深くふるまった。それでいて母をなくした折、かれの前で酒をくらったというから、まるで伽衆か道化である。ストレスが溜まらないはずはない。常々大酒を飲んで発散に努めたけれども、心底から気が晴れたことはなかったと思われる。不眠で夜中徘徊ともなれば、ボケでないとしたらノイローゼだ。かれの詩は暗い。気侭に白い眼を剥いて世渡りしたとはとても思えない。

権力から遠く離れたところへ行ってしまえばいいではないかという疑問が湧く。だが司馬氏との人間的なしがらみの中で、それをふりきってしまおうとすると、かえって危険な面があったと推測される。東陵侯が布衣となって城外で瓜を作って暮らした話も、伯夷叔斎が首陽山で薇を採って露命をつないだことも、憧れをそそるばかりでかれの現実とはならない。権力とつかず離れずというのがかれの離れ技だ。

詩中司馬氏の専横を指すと思われる箇所がある。しかしそれらはあくまで臆測すればのことであって、叙景や故事に隠れてはっきりとはしない。だからこそ咎め立てを免れたのでもある。命がけの詩作ということになる。楽しい詩が出来てこようはずがない。詠懐詩はすべて悲歌である。

吉川幸次郎氏は阮籍が個人的な次元を超え、人間一般の苦しみ悲しみを歌うところまで詩という表現のありかたを高めたとし、そのことに格別の意義を見出しておられる。なるほどと思う一方、その点にこだわると読むほうとしてはしんどくなる。しんどくて立派で、しんどい印象だけが残るというのはよくないだろう。あまり構えなくて読むことができれば——それが難しいが——それでいいのではなかろうか。

白い眼の問題がまだ片付いていなかった。青い眼は色彩表現の問題だったが、白い眼はちがう。魯迅もいうとおり、これはまずもって技術である。眼玉を思い切り片寄せて白い部分を多くすればいいわけだ。鏡の前でやってみた。簡単にはいかない。そんなことをするより、気にくわない（礼俗の）客が来たら面会お断りとひとことといえばよかろう。阮籍はだがどうしても白い眼を見せたかったのかもしれない。しんから嫌いだということを表現するには確かに効果的な方法ではある。だからであろう、以来かれの詩よりもこのパフォーマンスがかれをしてほとんど歴史的有名人にしてしまった。近年身体論というのがはやっているから、その手法を借りて白い眼論をやってみるのも一興ではあるまいか。

それはそれとしていくら嫌いな人間に対してであれ、面と向かって白い眼を見せることはできないものだ。技術的にというより心理的にできない。そこまでふんぎりがつかないのである。話を信じればのことだが、この点だけでも阮籍は並の人間ではなかった。眼を剥いて疑問の余地なく自分の気持ちを示す。この痛快さを比喩的に継承した者はいくらでもいようが、身体的に継承した者は——少々真似ごとくらいはしたにしても——いないようだ。だからこそ阮籍の白い眼のみが語り継がれているのである。

阮籍は殺されなかった。白い眼の行き着くところ、殺されてもいいはずだったが殺されなかった。阮籍が処世の達人だったことはやはりまちがいない。この矛盾をだれも責めなかったが——だれしも大なり小なりそんな矛盾を背負っているからだ——かれはやりきれなかったのだろう。よろず、酒を飲んでごまかし、ついでのこと司馬氏と自分の娘との縁談さえごまかした。こうなると少々の酒ではすまない。この縁談の際には六十日間飲み続け、司馬昭が言い出すきっかけを与えなかったという。深酒がこれほど続いたら体がもたないはずである。阮籍にはなにか秘法があったのだろう。

前にも引いた『世説新語』は単なるトピックス集を超え、生き難い世の中にあって可能な限り自由に生きようとした者たちの言行録としても価値がある。ことにその感が深い任誕篇五十四話のうち、阮籍にかかわるのが十話、最多である。かれも頑張ったのだ。例によって酒の話が少なくない。竹林で飲み、美人ママのいる隣家の小料理屋で飲み、母が死んでは飲み――先にあげた事例、ちょっと問題になった――酒保の係にしてもらっては飲む。「阮籍は胸の中にかたまりがある。だから酒で洗う必要があった」との評（王大）は正鵠を得ているであろう。しかしそのかたまりの正体は当時の人々にもはっきりとは見定め難かったに違いない。

『世説新語』文学篇に司馬昭受爵についての上申書を阮籍が代筆した話がある。この受爵にまつわる偽善を阮籍は知り尽くし、そして嫌い抜いていたであろうが、その文章は司馬氏に対する忠誠の文言に満ちていて、ここでもかれの厳しかったであろう処世をまのあたりにする感がある。

かれはこの一文を草した年に死去した。五十四歳。生涯薄氷を踏む（終身履薄冰）とはかれ自身のことばだ。

一日が来て夜になり
夜が来てまた朝になる
いつとはなく顔も心も
しぼみ衰えてしまった
胸の中だけが煮え立ち燃え立って

なおのこと疲れ弱るわが身だ
万事きわまりなく
考えたってどうしようもない
だがちょっとの間に
命が風に掠われてしまう
薄氷を踏む生涯だった
この辛い苦しみは誰にもわかるまい　（第三十三首）

# メロス島の悲劇
## ――ツキディデス『戦史』から

エーゲ海キュクラデス諸島の南西部にメロス島はある。経済的には比較的豊かであるが――それも災いを招く一因であったろうか――ともかくただひっそりと過ごしていたかったであろうこの島に突然ふりかかった悲劇をツキディデスは書き残している。

ペロポネソス戦争第十六年目（前四一六年夏）、アテナイ軍を中心に編成された船団が大挙してこの島へやって来た。島は風前の灯だ。軍と島双方の代表者間で緊迫したやりとりが交わされる。『戦史』中「メロス島の対談」として知られる箇所だ。『戦史』には当然のことながら、悽惨な場面はいくらでもある。歴史家ツキディデスはそれらを抑えた筆致で淡々と書き進めている。ところがここ（巻五・八五―一一三）では少し様子が違う。

「対談」は一問一答、法廷弁論の形式をとっている。ここに記された問答が文字どおりそのまま繰りひろげられたとはだれも考えていない。創作だ、虚構だとさまざまな言い方をされている。だが捏造と受け取るのは誤りだろう。もともと『戦史』には直接話法が多用されており、ツキディデス自身がそのことについてことわりをいっている。話し手がそのように「述べたにちがいない」蓋然性に基いて綴ったと。対談の場合、丁丁発止とわたり合うのだから、演説よりさらにドラマ性が高い。もしかしたらこのような手法によって読者に強い印象を与えようとツキディデスは考えたのかも知れない。このことについてはあとで少し触れる。

話は遡るが、アムピポリス防衛戦（前四二四年冬）でかれはアテナイ軍指揮官の一人として救援に赴いた。ところがスパルタの名将ブラシダスが一歩先を制してこのアテナイ植民市を攻略してしまった。その責めを負ってどうやら翌年あたり、ツキディデスはアテナイを追放されている。開戦当初からこのペロポネソス戦争の記録をとり始めていたかれはこのあと強い関心を持って諸外国をじかに見てまわることになる。その間二十年、亡命者たることが幸いして戦争の内外を知る機会に恵まれたわけだ。かれの記述には収集した資料とともにそのような見聞による裏付けもあるのであり、後世の歴史家がいちいちそれを検証するのは難しいにしても、ドラマ性が高いから単なるドラマだときめつけるのは早計である。

ペロポネソス戦争はいうまでもなくギリシア世界がアテナイ側とペロポネソス（スパルタ）側とに分かれて戦ったものだ。スパルタというと軍事国家の印象が強く、事実そうに違いないのだが、アテナイもまたすさまじい。文化咲き匂う華の都というイメージがまちがいというわけではない。ただ、この国が当時エーゲ海周辺において途方もない軍事大国であったことを忘れるわけにはいかない。むしろ帝国主義国家の典型を見る思いがするといってもいいくらいだ。この道はいちど歩き始めたら途中で切り上げることができない。周辺諸国こそいい迷惑である。遠い国だって似たようなものだ。開戦時、スパルタに好意的な国が多かった旨ツキディデスは述べている（巻二・八）。アテナイの締め付けから解放してくれる勢力というふうにスパルタ側を受け取ったのである。これはまたスパルタ側のスローガンでもありPRするところでもあった。

立場が変われば「解放」の意味も変わってくる。国内の政治体制としてはアテナイは一応民主制、スパルタは貴族制であったから、イデオロギーの面でも両者は相容れない。だが弱小の国々はそんなことより第三の道を選びたいであろう。結局大国のエゴではないか。その圏外にいたいのだ。中立の道を貫くことができればそれに越したことはない。スパルタ寄りとはいえ、メロス島もそういう国の一つだった。この島はもともとドーリス系（スパルタ）の植民市であり、エーゲ海の覇者アテナイに運上金を支払っていなかった。アテナイとしてはこのような「中立」が許せなかったのである。これより先、前四二六年夏にもニキアス率いるアテナイ軍の攻撃を受けたことがある。「アテナイ側の支配に服せず、またアテナイ側の同盟加入の勧誘にも応じなかったからである」（巻三・九一）。その上スパルタ側に資金を提供していた模様だ。しかしこの折はメロス島を屈服させるに至らないままアテナイ側は攻撃を中断し、他方面へ移動してしまった。

だが今回（前四一六年夏）の攻撃軍は様子が違う。アテナイ側はいきなり――といっても双方はすでにまえから「露骨な交戦状態に入っていた」（巻五・八四）、つまりアテナイ側からすればメロス島は「中立」どころか反乱を起こしていた――メロス島に「陣営を設け」、それから双方の交渉が始まる。「メロス島の対談」である。そのまま読んでもらうのがいちばんだが、長すぎるので適宜要約して紹介する。**ア**はアテナイ側、**メ**はメロス側である。

**ア**「一つの論点について一つの弁で答える方式で話を進めよう」

**メ**「諸君はまるで裁判官だ。しかもわれらの主張が勝てば戦いになり、われらの論が負ければ隷属する他ない」

**ア**「諸君が現実を無視するなら、この議論を打ち切ろう」

**メ**「では提案通りの方式で会談を進めよう」

**ア**「正義か否かは彼我の勢力が伯仲するときだ。強者と弱者との間では強きがいかに大をなし得、弱きがいかに小さな譲歩で脱し得るか、その可能性しか問題になり得ない」

**メ**「正邪を度外視するなら、互いの利益ということになる。だが相手が死地に陥ったとき、情状と正義に訴えることを許してやることこそ諸君の利益になるのではないか。諸君だって没落の憂き目を見る日が来ないとは限らないのだから」

**ア**「そんな日が来るなら来てもよい。われらの望みは労せずして諸君を支配下におき、両国互いに利益を分かちあう形で諸君を救うことだ」

**メ**「これはしたり。諸君が支配者となる利益は分かる。しかしわれらが諸君の奴隷となってなんの利益があるのか」

**ア**「諸君は最悪の事態に陥ることなくして従属の地位が得られる」

**メ**「われらを敵ではなく、味方として中立を認めてもらえないだろうか」

（中略）

**ア**「諸君は彼我互角の争いに臨んでいるのではない。圧倒的な強者を前に身を全うできるかどうかなのだ」

**メ**「今投降することは今絶望することだ。戦えば戦っている間だけでも希望が残される」

**ア**「希望は死地の慰めだ」

**メ**「ラケダイモン（スパルタ）がきっと救援にかけつけてくれる」

（中略）

**ア**「諸君が命の綱と頼んでいるのは希望的観測にすぎない。戦争か安寧かというとき、愚かな道を選ばぬことだ。諸君の祖国はただ一つ、その浮沈はこの一回だけの協議にかかっている」

ここで実質協議は終わり、メロス側は自分らで決議をしてアテナイ側の提案を拒否した。

結果はどうなったか。メロス側は果敢に抵抗したがラケダイモンからの救援は来ず、冬、アテナイ側にはさらに第二回目の遠征軍が加わるといった状況で、メロス側はあえなく全面降伏した。

メロス島民のうち成人男子は全員処刑、婦人子供は奴隷にされた。後日五百名からなる植民団がアテナイから派遣される（巻五・一一六）。

要約したつもりでも長くなった。国際社会における強者の論理がいかに仮借ないものか、残念ながら人類史のすべての時点においてこれに類する事例にこと欠かない。わたしたちも同時代人としてそれらを見て来たし、現に見ているのではなかろうか。時により強弱彼我立場をかえ、当事者としてである。

ひとは経験からしか学ばない。わたしたちの年代はものごころついたときすでに戦争の中にいた。シナ事変といった。事変と戦争とどう違うのか、なにか国際法上のごまかしと関係があるのだろうが、ともかく戦争をしていた。独楽まわし、凧あげ、女の子の羽根突き、そんな遊びもどこかに戦争なるものを感じながらやっていた。正装した軍人がなにかで挨拶に来て座敷に坐っていることもあった。そんなのが普通の風景であったが、普通が続けばそれが正常になる。戦争はいつもあり続けるものだった。だから戦争に負けたとき、負けた衝撃もさることながら、戦争のない状態というものにひどくとまどったものだ。大いなる拍子抜けとでもいうか、戦争をやめてさてどうやっていけばいいか。政治も新聞も学校もこどもの遊びも、途中で止まった映像フィルムのようにぎこちない停止を続けた。やたら死ななくていいことはありがたかったが、平和という事態にどう身を処していけばいいのか皆目わからなかったのである。そんな事態は考えてもみなかったからだ。

ひとは経験からしか学ばないといっても、その経験の内容が逆になっているのが現状である。そろそろ定年退職にさしかかる年齢層でさえ戦争の圏外で生きてきた人々だ。戦争の中の自分ということは感覚的に考えられないことだろう。だが永遠に続くと思っていた戦争が終わったように、戦争のない状態についても同様のことがあり得るだろう。かつてのわたしたちのぶざまさは現時点ではもはや漫画で済む。しかしこのあと、今の世代の人々に起きるかもしれないことはそういっては済まされないだろう。

わたしたちには個人的な経験のほかに国としての、あるいは人類としての経験がある。そこまでおし広げて幅を持たせなければ戦争やその周辺にかかわることがらについてはものの役に立たない。ツキディデスに登場願ったのもそういう理由からだ。

『戦史』には「メロス島の対談」のほか、国運を左右した弁論が数多く記されている（繰り返すがその文言の録音的虚実はどうでもよろしい）。いろんな場面で演説、説得、折衝が行われ、それぞれの状況を決定したことばの記録だ。それらは武力と並びあるいは拮抗するもう一つの力である。

戦争が政治の一手段だとすると、もちろんのこと政治家は将軍以上の戦略的知謀を備えていなくてはならない。シビリアンコントロールということの苛酷な意味がそこにある。それにはかれらが身上とする政党レベルの術数をはるかに超えたマキャベリズムが要求されるだろうし、しかも腹黒いばかりでもうまくいかない。とりわけ戦争防止という戦略についてはそうであろう。

余計なことかもしれないが、政治家がどのような修業を積むのか知らないけれども、自主トレの一つにぜひともこの『戦史』の味読を加えてもらいたいと思うことだ。なにはともあれメロス島民が味わったような悲劇を自国民にも他国民にも生じさせてはならないだろう。


ついでだが「メロス島の対談」に当時のアテナイの頽廃をどなたもお感じではなかろうか。そして対談という記述の形式を採ったツキディデスの意図が一つにはそれを暴くことにあったという推測も可能ではなかろうか。その頽廃とはなにかというと、ことばに暴力を綯《な》い交ぜにすることである。戦場だからではなく、アテナイの社会そのものにこのような物言いを恥としない考え方が弥漫していたであろうことは容易に察しのつくことだ。ツキディデスの強烈なアイロニーと警告を思わずにはいられない。文明を支えるのは水や太陽とともにことばだから、ことばの頽廃は文明を芯から腐敗させる自殺行為である。のちにアテナイの命運は尽きるべくして尽きたといわれても仕方あるまい。

度々狂言まわしに利用させて頂くストラボンに今回はエンディングをお願いしよう。かれは、ごく簡単に「アテナイはかつてこの島へ遠征隊を派遣し、壮丁年齢以上の男子のほとんどを殺した」（C四八四）とひとこと記すのみである。時代の隔たりもあろうし、歴史家と地誌作者の違いもあろう。

※トゥーキュディデース『戦史』久保正彰訳　岩波文庫（ツキディデス＝慣用形）

# 足の話

## ——ソポクレス『オイディプース王』のことなど

### I

足をやられた。そのうち治るだろうと高を括っていたが何か月たっても痛みがとれない。左足踵裏の靭帯が炎症を起こしているのだろうと医者はいう。そんなところに靭帯があるのだろうか。レントゲンには写らない小さな骨が傷んでいる可能性もあると整体師はいう。そんな小骨があるのかどうかこれも知らない。最も体重がかかる部位なので——踵《かかと》という字はよく出来ている——治る暇がないのだろう。そうでなくてさえスフィンクスが問うた謎の最終段階へさしかかっているところだ。少々早めに来てしまったと考えればいい。しかし断じて杖は突かないぞと我を張っているこの頃である。いきなりジョギングを始めたのがよくなかった。

スフィンクス（ついでながら雌）の謎はいささかひねくれている。並の育ちかたをした並の常識人には解けない。オイディプースは違っていた。かれは生まれてすぐ、踝《くるぶし》のあたりを黄金のピンで貫かれて山中に捨てられるという危機に見舞われる（伝によりいくつかのヴァリエーションがあるがいちいちことわらない）。そのまま死に到らしめるためである。そういう生死にかかわる体験がある。この段階ではまだ受け身であるが、かれにはなにかを乗り切ることなしには生きられないという生存の図式がスタート地点から与えられていたということだ。さいわい拾われて最初の難関は切り抜けた。このときピンのせいで足（プース）が腫れて（オイデイン）いたのでオイディプースの名を貰ったことになっている。因みにギリシア人の命名法は実に安直であって、足が黒かったからメラムプース＝足黒の名を頂戴した赤ん坊もいる。

オイディプースには自分の足が腫れていた記憶はもちろんなかったであろう。しかし踝にそんなむごい仕打ちをされたのであれば、幼時そのために十全の歩行とはいえない時期が多少なりともあったのではなかろうか。そしてこのことが意識の底に沈着していて、杖を突く人間というところまで一気に解がひらめいたのではあるまいか。単なる推測だが、スフィンクスの謎を自身の歩行によみ換え、さらに人間の歩行へとよみ広げたところに、かれの知の勝利があったように思う。

知によって王位を得たかれに、知を抑制する姿勢がなかったのはいたしかたない。なんでも徹底的に知り尽くさないと気が済まないのである。このことがあとでかれに禍いをなす。その上短気であった。しかもこの性分は父親譲りであった。双方が細い山道で、それも馬車で出会ったとなればただではすまない。道を譲れ譲らないで争いとなり、結果としてオイディプースがラーイオス（実は父親）一行を皆殺しにしてしまう。一人は生き残ったことになっているが、話を作り上げるのに必要な報告要員だろう。この時点ではたがいに親子であることはもちろん知らないし、オイディプースは無礼な老人を始末したくらいにしか考えていない。

この親殺しの悲劇ももとはといえば親であるラーイオスの不行跡が発端である。かれは若い頃恩人の息子に懸想し、結局その息子を死に到らしめてしまう。ラーイオスは呪いによって自分の息子に殺される運命を背負わされる。かれが生まれたばかりの男の子を捨てさせたのもそんな理由からだ。捨てられたオイディプースとしては親を殺すべき運命が待ちかまえていることになる。

運命から逃がれようとすればするほどその運命に引きずり込まれていくというのがギリシア悲劇の特徴的構図である。オイディプースは親とのまがまがしい因縁を振り払おうとしてかえって悲劇への道筋を確実にしていく。運命は実に巧妙に仕組まれていて、まったく無関係と思われるあれこれがかれを陥れる。そのどれか一つ、たとえばかれがスフィンクスの謎を解くことができなかったならば、その連鎖のしがらみに自分が取り込まれることはなかったであろう。秀でた知力が悲劇を成就させるための小道具にされてしまうあたり、不気味である。

ところがソポクレス『オイディプース王』を読むと、あまりに居丈高なオイディプースの姿ばかりが目立ってきて、気の毒だという気持ちが薄らいでくる。かれは徹底的に知り尽くそうとする。それは前王ラーイオスの殺害者をつきとめ、自分が治めるテーバイから、神が下した疫病を取り除くためではあったが、その本筋よりも、かれは知ろうとする衝動それ自体に自分を奪われていく。予言者を脅し、イオカステーの常識ある抑制をはねのけ、どうあっても知らずにはおかない姿勢で突き進む。これを舞台にかけたらまごうことなく狂い物である。原題は『オイディプース・テュランノス』となっていて、そのテュランノスはわたしたちが考えるタイラントとはニュアンスを異にするようだが、ここにはまさしく暴君としかいいようのないかれがいる。暴君とは歯止めのきかない愚者の謂だ。

オイディプースは周囲のことばにどうあっても耳を貸そうとしない。かれの執念によって事態はついに白日のもとに曝される。ではそれがどういう結末を招いたか。イオカステーは奥へ駆け込み、縊れて死ぬ。彼女としてはそうするよりほかなかったであろう。オイディプースは彼女が身につけていた黄金の留針を引き抜いて――どうもかれは黄金のピンに縁がある――われとわが両の眼を突き刺す。「おれの不幸、おれの悪業を見るのもこれが最後」とばかり「いくたびも手をかざして眼を突いた。血だらけの眼はそのたびに髭を染め、血潮はぽたりぽたりではのうて、どっと黒く霰のようにすさまじく、滴り落ちた」。やりすぎである。あまりに激しやすい性格は一国の統治者には向かないという印象を受ける。かれはこのあと自分の〈罪〉によって自ら国を出るのだが、そうでなくても王位を退いてしかるべきだったろう（そのまま王位にとどまったという別伝もある）。

知ろうとする衝動をどうしても制御できないかれの姿はいかにも人間に特徴的な――そしてギリシア悲劇の基本テーマである――驕慢《ヒュブリス》に陥っている様を示しているのではなかろうか。オイディプースは自分は何者かと執拗に問い続け、そうすることによって自分の破滅を確実にしていく。

## II

かれと因縁浅からぬデルポイの神殿には御存じのように「汝自身を知れ」という銘が掲げられていた。オイディプースは形の上ではこれに従ったことになるが、もちろんこの箴言は〈知〉においては知ろうとする欲求を戒めているのである。

近年急ピッチで進んできたヒトゲノム解読も〝形の上では〟「汝自身を知れ」を科学の場に移したものだ。米国は解読完了を宣言している。人間が自身を少なくとも生物学的には知り尽くす。

で、いい状況が出て来るかどうか。神が人間を創造したとすれば、神はヒトゲノムを当初から知り尽くしていたはずである。だがその神は明るく楽しい人類史を作り上げることができなかった。今後人間ならできるかというと、なにかを知るたびに人間がしでかしたこれまでのことを考えるととても楽観的にはなれない。

人間の滅亡が最高の善と考えるならば——そう考えても別におかしくない——話は別だ。人間はそのための鍵を、兵器においても生物学的知識においても手に入れた。もしかしてこれまで長く後悔にさいなまされてきたであろう創造神が、初めて晴れやかな微笑を洩らしているのではなかろうか。〈知〉もまたいざというとき人間を滅ぼすためにかれが最初から仕組んだ罠かもしれない。〈知〉の罰として最終的に〈滅び〉が予定されているというより、〈知〉そのものが〈滅び〉の構造を内蔵しているのではないか。効率よく滅びるための知識と組織がもうだれの目にも明らかだ。たとえばグローバルなインターネットなど、一転グローバルな自滅の装置となる可能性が再三証明されているにもかかわらず、すでにそこから逃れることができない状況にある。

筆者はかつてある武術家が苦笑まじりに語るのを聞いたことがある。かれは弟子たちが次々に攻めかかってくるのをいとも軽々とたたきのめす。けっしてなれあいではない。どうしてそんなことが可能なのか。達人の技といえばそれまでだが。老師はとき明かしてくれたものだ。弟子たちの技に合わせるまでのことだと。ところがその技はかれが教えたものだ。弟子たちが知らず知らずのうちに、いわばかれによって倒されるように仕組まれた技を身につけていたということ、それが神技の正体なのであった。

〈知〉がこのように仕組まれたものかもしれないというのはあくまで〝おはなし〟である。だが人間という類の運命も進行中の物語には違いない。そしてわたしたちは進行役の〈知〉、自分の顔を知らない盲目の〈知〉にひきずられながら、惨めな物語を紡ぎ続け、おぞましい決着へと力を振り絞っているのかもしれない。

III

年老いた盲目のオイディプース――この盲目は自罰であるとともに知の拒否をシンボライズすると思うのだが――は皮肉にもかつてかれが解答したとおり、杖を突きながら諸国をさまよったことだろう。無類の孝行娘アンティゴネーがつき従っていたとはいえ、その実は乞食である。歩くのは健康にいいなどといっておられるのもある年齢までのこと、そのあとは逆に壊れるのだ。そしてこれは老人の証明であるとともに、人間の証明でもある。人は老いるからだ。

その杖を捨てるときがオイディプースにも訪れた。所はアテナイの郊外コロノスの森。演目かわって『コロノスのオイディプース』（同じくソポクレス）。復讐の女神エリニュエースたちがエウメニデス（好意ある者）に身を変えて祀られているこの森で、オイディプースは運命との和解をなし遂げたことになっている。はたしてそういえるだろうか。このあと、かれによって息子たちにかけられた呪いが惨劇となって実現するのだ。

足はいっこうによくならない。いろいろ工夫もしてみた。サンダルを買ってきて、左の後ろ半分を切り落として履いてみたりした。その部位に体重がかからないようにである。その様を見て「河を渡ってきたイアーソーンだな」と知人は笑い転げて喜んだものだ。しかしこのサンダル片方の歩行は膝をはじめ体のあちこちに偏頗な負担がかかり、三日ともたなかった。

実は杖を一本持っている。庭のヒメシャラで拵えたものだ。だれかに進呈するつもりだったのが機会のないままに十年近くが過ぎた。自分用にはしたくない。でもそうなったら仕方がない。

※イアーソーン。アポロドーロス『ギリシア神話』I.9.16

付記

デルポイの箴言は悲劇作者（品）によって重苦しい意味を背負わされる一方、庶民にとっては生き難い人生を軽くいなして楽しむ口実にもなった。本文とは無関係だがそのことを付け加えておかないと、庶民の一人としてどうも落ち着かない。かれらは「汝自身を知れ」を酒宴の標語に変え、束の間の人生を謳歌した。汝自身＝どうせ死ぬ身というわけである。死を意識しながら底抜けに朗らかというのは結構な話であって、そう心懸けるのは死すべきものの権利であり、わるくない選択だ。飲んだくれのローマ人たちもここのところを抜かりなく継承した。かれらが好んで口にした「メメント・モリ」にはブドウ酒が一番だったのだ。

# 墓辺文化

## I 『リア王』 はじめに

話は親子喧嘩から始まる。娘が三人もいながら、どいつもこいつも親不孝者ばかりだ、リア王の気持ちがよくわかる、おまえたちには何一つ残さん、よいな、と親が愚痴ると、(最後のひと言、しまったと思ったがもう間に合わない) 口達者な次女がすかさずやり返した。

「おっしゃいますがお父さん。そんなセリフはブリテン全土くらいの土地や資産があっていうこと、です。なーんにも持ってないくせに。そうですか、借金は残さない? それは結構」

先年家土地を処分し、いま宙に暮らしている。その鳥の巣のような住処もいやになり、売却して一所不住を決め込むつもりだったが、この不景気でどうにもならない。リア王にはまだしも自由がある。リア王が羨ましい。いやリア王ではたまらん。いやいやリア王のように、どこかの荒れ野で声の続くかぎり叫んでみたい。

「そうねえ、北海道あたり探してみたら。恰好の場所が見付かるかもよ」

シェイクスピア『リア王』と老人問題を連結させるのはいまどき陳腐な発想ということになろう。作者の意図もそこにあったかどうか疑わしい。たしかにこの作品は老いがいかに惨めなものかを抉り出したという点では一般性を持つが、リア王ほど激しい情念のエネルギーを持ち合わせた老人がいるかというと、まずいない。そういう意味では一般性に欠ける。つまり『リア王』は少なくとも老人問題そのものではない。

王であれば退位に関しても国家経略上の見識と責任が問われるであろう。リア王が判断を誤ったことは明瞭である。しかもよくよく考えたが誤ったというのではなく、単に軽率だったのであり、忠臣ケント伯の懸命な諫言にもかかわらずそれを改めようとしなかったのだから、救いようがない。三人の娘たちについての理解の仕方もばかばかしいほど浅薄だ。たまたまその日その時娘たちが口にした言葉だけで後事を決してしまう。自分の娘であるからには、王家という特殊な事情があるにしろ、成長の過程でたいていのことはわかっているはずである。ところがリア王の人間理解には不思議なほど完全にその過程が抜けている。

唯一の救いであったろう末娘コーディーリアとの関《かか》わりも奇妙である。彼女は父王に向かって格別冷淡な言い方をしているのではない。抑えぎみに語っているに過ぎない。「父上を愛しております。それ以上でも以下でもありません」と。追従になれた王にはこれが気にくわない。いきなり怒り出し、娘を罵る。ケント伯がとりなすと、王は「言うな、ケント、命が惜しければ！」といった調子だ。

リア王はこのあと酷い境涯に投げ込まれることによってようやく自分の愚かさに気付く。そして荒野で咆えたてるのだ。『リア王』というドラマはあらましその咆哮を舞台に移したものにほかならない。獣は単に咆えるだけだが、人間は言葉を発する。あるときまるで霊感にうたれたかのように、重い言葉を次から次へと。観客（または読者）はそのど迫力によって『リア王』がドラマであることを忘れ、ついで作者の存在も忘れてしまう。そこにいるのはただ無残な老人、そして自分自身なのだ。

これまで実は一度も『リア王』の上演をじかに観たことがない。もちろんなにかで自分を俳優に仮託したことなどかつてない。だが『リア王』だけは別である。

やい、風の奴め、吹くがいい、お前達の頬が破れるまで
吹いて吹いて吹きまくるがいい！　やい、雨の奴め、滝にでも

なんにでもなって降って降って、建物の尖塔でも風見鶏でも
溺らしてしまえ！

（第三幕第二場　平井正穂訳）

一度リア王を演じてみたい、やい、娘たちよ！

リア王は風雨にうたれながら喚き続け、これやそれやで、あと、あっさり衰弱死する。その実は憤死であるが、老いがその死を早めたとも容易にしたともいえよう。かりに老人問題として考えれば手のかからない死に方である。

※

話はここで『リア王』から離れる。死後のリア王についてはシェイクスピアの語るところでも関知するところでもない。

II　エピタフ

死の行き着くところ、ある人にとっては神であり、ある人にとっては無である。どちらも形としては捉えどころがない。とりあえず墓を造る。この点では共通している。墓と死は別次元のものだが、それらを前にしてわたしたちが抱く感懐はだいたいのところ似たようなものだ。いいか

げんといえばいいかげんだが、はっきりしないものについてはいいかげんであるしかないのである。

その墓、沈黙の墓をして語らしめる発想は言葉的動物である人間にとって自然なことのように思われる。そういう発想を欠く人々や民族がいてもかまいはしない。どちらが立派という話ではない。ただ、ささやかではあるが生者と死者をつなぐことばが墓のあたりに息づいていて、通りがかりの見知らない人にまで、なにがしかの親しさや懐かしさを感じさせるのはやはり文化というに値する。

エピタフは墓の上に（エピ＝上に、タフォス＝墓）刻まれるものであるから、基本的には石造文化圏に多く見られるものだ。石のことば、これが実にいい。傷ましいものはもとより、ユーモアに溢れたものも少なくない。ともかく例をあげよう。シモーニデース（前五五六－四六八頃）というエピタフの上手がいるので、タイプの異なるのを一篇ずつ。詩中のゴルゴオは少女の名である。

いまはの際にゴルゴオ、母親のうなじへ手を
さし延べて縋りつつ、涙ながらに向ひいふやう、
母さまはまだずっと、父さまのお側にいらして、もっとよい仕合せに
また他《ほか》の娘《こ》を生んでくださりませ、白髪の老《おひ》の　おみとりにもと。

※

大いに飲みまた大いに啖《くら》ひ、さてまた
　大いに他人《ひと》の悪口を
吐《つ》いたあげく、此処に、わし、ロドスの人
　ティーモクレオーンは眠る。

（ともに呉茂一訳）

シモーニデースは職業詩人として注文に応じて書いたのだろうが、どちらにも着想のおもしろさがある。前詩は少女の死というさらでだに哀れな場面で、その別れのことばが優しく切ない。後詩は飲んだくれの本領と本懐を叙して余すところがない。

自家製のエピタフも多々ある。自他ともに認めるアレキサンドリアの大詩人カリマコス（前三〇五―二四〇頃）は自分「カリマコスが墓」を示して「こは詩に巧みにして／また時を得て酒を汲み／笑う歓《たのしみ》をも知れる者なりき」（沓掛良彦訳）と豪語する。大見栄を切ったところがユーモアなのである。詩を書くからにはこのくらいの心意気が欲しい。

稀に墓地を歩くと短いフレーズを彫り込んだ墓石がときおり見かけられるようになった。これがエピタフらしい体裁のものへ育っていくかどうかわからない。せめてのちの人が一刻も早く取り壊したい衝動に駆られない程度の文言でありたいものだ。元気なときから文案を練るもよし、諦めるもよしである。

なかには凜乎として、自分の書くものすべて、いや現に自分という存在がエピタフなのだとおっしゃる方もおいでだろう。エピタフを生の総括だとすればなるほどそうもいえよう。ただしこれでは緊張の度が過ぎる。

生の一点、何か輝かしい一つのもの、それを想いの中に結晶させることができればそれも立派なエピタフだろう。言葉であれば、詩であれば、なお具合がいいが。わたしはいまカヴァフィスの比類なく美しい詩『はるかな昔』——もちろんエピタフとして書かれたものではない——を思い出しているところだ。かれはいう、「この記憶をぜひ話したい」と。そんな記憶の一つくらいだれにでもありそうなものだ。八月だったら「サファイアの青」、わたしだったら、何月の何の琥珀色だろう。

## III　墓誌銘

エピタフに相当するものを近い場所に求めると、とりあえず中国の墓表や墓碣《ぼけつ》であろう。これらは墓の上の石に刻む。しかし数の上では墓誌銘がもっとも多いので、それで代表させることにする。墓誌銘とは石に刻んで墓中に埋めるものである。埋めたものがなぜ広く知られているのか、適宜想像すればよい。

墓誌銘の名手というのも変だが、明代中期帰有光の名が高い。文言が平易で真情がこもっており、エピソードを混える語り口が（かれに限った手法ではないけれども）親しみを感じさせる。

娘の死を悼んだ壙誌《こうし》（略式の墓誌銘）がある。壙は墓穴の意。

『女如蘭《むすめじょらん》壙志』（志＝誌）にいう。「娘は生まれて一年がたち、わたしに呼びかけができるようになっていた。……だが母親がいるのだからというのでわたしはあまり可愛がりもせず、死ぬ間際になって一度抱いてやったきりだ」。また『女《むすめ》二《じ》二《じ》壙志』では「二二はわたしがいないと、ずっとわたしを探し続けた。……わたしが外出する際はわたしの懐へ躍び込んできたりした」……だがわたしは留守をすることが多かったので、「娘が生まれたときも知らなかったが、死をみとることもしなかった」と。ずいぶんあきれた父親ではあるけれども、その悔いの痛切さには胸をうたれる。

墓誌銘が盛んになったのはかの古文運動の鼓吹者韓愈によるという。かれの文学には一種丈夫《ますらお》ぶりの感があるから、そこに連らなる墓誌銘にも勁いモチーフがこめられていることだろう。しかしここに引いた帰有光の文などに到ると、ひたすら淡々とした筆づかいになってきており、むしろその点に魅かれる人が多いのではなかろうか。韓愈的雰囲気の中で生きる人は少ないのに対して、心情の細やかさに心寄せる人は多いからである。

これら死の周辺文化に見合うものをかつてわたしたちも持っていた。江戸期に入って一般化した——といってもある程度知識層までだが——辞世の歌、句がそれである。万葉集にも、なじみの百人一首にも含まれているが、辞世がのちに広く受け容れられるようになったことについては、この民族の心情の豊かさを想定しても、けっしてこじつけとばかりはいえまい。一般化し風俗化した例の一つとして、忠臣蔵など思い浮かべるとよろしかろう。浅野内匠頭が切腹する段で、例の「風さそふ……」という辞世を詠まなかったとすると、この場面はいささか緊まりのないものになってしまいそうだ。御苦労でもこのバカ殿に一首詠んでもらわなくてはならない。その意味では辞世が死の風俗になっているのである。辞世は僧の遺偈と違って、めったに教訓臭のないところがいい。

出来不出来は別である。死に臨んで自ら詩歌をものするという文化以上の文化がそうそうあるものではない。日頃準備していたものをその折口にするのであっても大したものだ。死というはなはだおもしろくないものを文化の一部にしてしまっている。このまぎれもない文化としての死を見直すくらいのことはしていいのではなかろうか。

辞世は無数にあるから——文化とはそういうことだ——どれを例として取り上げようもないが、

弱年の折は西鶴の「浮世の月見過しにけり末二年」が気に入っていた。だがその年齢を越えるとこれでは都合がわるい。いつしか末十年となり末十八年となり、なんとも未練がましく、句としても体《てい》をなさない。末三十年、四十年となったら、何と世間に申し開きをしたものだろう。

江戸期も終わる頃になるとずいぶん粋な辞世が見られるようになる。大いによろしいが、無粋な筆者にはうまく扱えない。洒落のめして世を終えることができればそれこそ極楽往生である。

時世時節というか、これほどの文化が廃れてしまった。復活を言い出しても物笑いの種にしかなるまい。もともと死を前にして詩人であることには無理がある。習慣的に詩を作ってきた人でも難しかろうし、まして一般の人々にそんな状況でいきなり詩人になれといわれてもそれこそ無理な注文である。なにか深いおもいがあったとしてそれを詩のかたちへと方向付けるのは容易でない。この難事を可能にしたものが風習だというなら、その文化馥郁たる風習の中に身を置くことはどんなにかすばらしいことだろう。しかし一度歴史から姿を消した風習が取り戻された例はない。それを生み出した歴史が繰り返されることはないからである。

死の様態も変わってしまった。いまや人は単に生物として死ぬのである。文化はどこにもひとかけらもない。

# 春の歌

## ――わかりやすい詩ということ

I

水を渡りまた水を渡り
花を看また花を看る
春風江上の路
覚えず君が家に到る

渡水復渡水
看花還看花
春風江上路
不覚到君家

『胡隠君を尋ぬ』（尋胡隠君）と題する高啓（号は青邸）の詩である。春になったらいつとはなしに口ずさんでいたという方も多かろう。わたしもその一人なのでこの一文を書き始めたところだ。快い風に吹かれながら江《かわ》ぞいの道を歩く。岸辺や生垣の花、水草も咲いていることだろう。そして木の橋石の橋、こども、洗いものをしている女たち。風景が移り、風景が連らなる。歩行とそれらのシーンが目に浮かぶとともに、体の中で生理的に再現される。〈復《また》〉、〈還《また》〉が利いていて、間然するところがない。

『水上に手をあらう』では岸辺に身をかがめ、じかに水を楽しんでいる。

手をあらう、春の水はここちよい
香りがあって、手もいつしか水の色
小さな波が遠くひろがり
驚いた魚が杳《くら》い処へ身を隠す
心傷めて水辺に腰を下ろしていると
流れる花、掬いようもなく去っていく

原詩は省略。
水辺に因んであと一つ読んでみよう。

家を渚近くに移し
すぐに水鳥たちと親しくなった
怠けて暮らすにはもってこいの片田舎
荒れた村こそ貧乏な自分に似つかわしい
春耕の田に飯を運ぶ女、くっついていく犬
明け方には鶏が農夫の目を覚まさせる
願うことなら無事こんな暮らしを続け
うとうとしながら老いを迎えたいものだ

『郊墅雑賦』という別荘での風物を詠んだ十六首のうちの一つである。好もしい田園詩だ。だがかれの願いは実を結ばなかった。

高啓は元末明初の詩人だが通常明代に入れる。不運にも明代なのである。というのは太祖朱元璋が猜疑心強く、かつ残忍無比の性格であったため、罪無くしてかれに殺された者が何万人もいたが、高啓もその一人だったのだ。かれの親しくしていた人が誣告によって罪に問われ、高啓はそれに連座して腰斬の刑に処せられる。無茶苦茶である。

高啓を紹介するのが目的ではない（またその任でもない）のでかれのことはこのくらいで端

折っておくが、かれの詩はわが国でも親しまれ、江戸期以来明治に到ってもよく読まれたようだ。その余波は昭和にも及んでいるということを申し添えておく。森鷗外には『青邱子歌』の訳があり、三好達治は『水を渡り——』と題して、「水を渡りまた水を渡り／行き行き重ねて行き行く」と歌っている。

それというのも高啓の詩はわかりやすい。李白の詩などもそうだ。わかりやすければいい詩だというわけではないが、少なくともその重要なポイントがここにはあるような気もする。

俗な理解だろうがこうも考えられる。近年新規開発の知識によれば、人間相互の遺伝子は九十九パーセントまで同一だそうである。当然精神的な部分についてもそうだろう。だとするとその互の共通部分を刺激して反応させることがわかるということになるだろう。詩という表現もこのことを無視して成立するはずがない。というよりどのような表現においてもわかるということは生物の種——目下人間という種だが——の間において欠くことのできない条件なのであって、わかりやすいということはその条件をよりよくクリアしていることにほかならない。

もちろん残りの一パーセント——これはもとより比喩的な一パーセントである——を無視していいということではない。それどころではなく、この一パーセントに鍬を入れ、言葉化し、わかる、わかりやすいというフィルターを通してわたしたちとの共通領域へともたらしてくれるのがまさしく大詩人の名で呼ばるべき人たちであろう。簡単なようでこれは常人の及ぶところではない。わたしたちがこのような意味でのわかりやすさを欲張っても無理というものだ。わたしたちは踏みならされた場所で眠りこけ、かれらが持ちきたったものを最初から手にしていたかのような錯覚の中で、無意識に——無意識という〈種〉の基底へ——取り込む。

II

まずだれの詩か当ててみてください。

やさしき五月の陽をあびて
草地ゆたかにひろがれば
小鳥たちはうれしげに
かなたの森へと歌いかく。
花かおる広野を縫うて
ゆく川の柔《やさ》しき瀬音せせらげば、
雲雀たち、歓びの声を歌い添う。
おお、五月にもまさりて美しきものありえんや、
この五月、この五月にもたちまさりて?

(中島義生訳以下同じ)

読むほうとしてもいささか気恥ずかしいこの『五月の歌』と題する純情な詩の作者はだれあろうニーチェなのだ。春と初夏が同時に訪れる彼地の五月。最初期の作である。終り二行のリフレイン（四連構成）はもとより、多くの類句類詩があるに違いない。

このような詩を持ち出してニーチェを揶揄しようというのではまったくない。歌ごころ湧くがままにかかれた詩はそのままに受け取って然るべきだろう。語られすぎた人物にはしばしば偏った印象が先行しがちだけれども、ニーチェといえども生まれながら怪物として出現したのではない。〈普通の人ニーチェ〉はけっして形容矛盾ではないのである。

この詩は幼少期を過ごした〈故郷〉をイメージしたものだろうか。かれには同趣の詩が一、二にとどまらない。ただしそれらは次第に、故郷を失くした者がついに辿り着くことのない故郷を求めてさすらいゆくというモチーフに収斂していく。こういう一種流浪の感懐は詩においてはむしろありふれたものだけれども、かれの場合いくぶん執拗な印象を受ける。個人的な事情もあったと思われる。牧師であった父が早死にし、ニーチェ一家はその牧師館を立ち退くことになった。そのことをかれは『僕の生い立ち』の中でかいている。故地を懐かしむ気持ちが尾を引いたであろうし、それが抽象化されてどこかわからない〈永遠なる故郷をなおも尋めゆく〉（『郷愁』）といったふうになったのだろう。弱年の感傷も加わり、一連の詩群を生んだものと思われる。『喪失』と題する詩がある。

おお　幸いなるかな、この世の生の嵐のなかに
己が憩うに足る家を知る者、
黄金色なす想い出の　己がめぐりを流れて、
五月の歓びの　己がめぐりになごやかに笑む家を知る者。

（十三行―十六行）

ここに響く基調音があとで次のような際立った詩に結晶する。わが国での紹介も早く、訳の異同など愉しんで頂くために新しいほうを――旧い訳を好まれる方が多いと思うが――紹介しておく。他にも多くの訳があることは断るまでもない。

鴉　鳴き、
羽音ふるわせ　町へ飛びゆく。
やがて　雪　来たらむ、――
幸いなるかな、いまなお――故郷持つ者は！

（『孤独に』）

ニーチェの初期作品はよかれあしかれ人並みだ。フランス革命に心を奪われてかいている詩も

そうである。もっとも、かれにおいて革命とはもっぱら革命家の反逆精神と悲劇であったらしく、『囚獄のうちにて』でそれらを列挙している。『サン・ジュスト』なる作もある。革命とは日々の暮らしにかかわるものだけれども、かれにそんな視点はない。革命という時代の動きに敏感に反応しているように見えていながら、現に飢えている人々との落差、つまり真の意味での〈時代〉とのミスマッチはいかんともしがたい。後年の言い草だが、〈反時代的〉とはよくぞ自ら称したものである。この部分に関しては人並みでないどころではなかった。反時代的とはキリスト以来の、殊にも同時代の精神のありように関してであったけれども、皮肉にもかれが年若い頃からすでに社会の成員としてはちぐはぐな在り方をしていたことをも言い得て妙である。もっとも、かれは自分を一市民と考えたことは一度もなかったであろうが、それも含めてである。〈人並み〉の地平から離陸し、価値の転換という壮大な考えを抱くに到ったニーチェの物言いが激越になるのはいたしかたない。価値とは？　詩もまた〈思想〉が唸りをあげるようなものになった。かれの思想が浮き世離れしている——少なくともそのように見える——のだから、パセティックに表現するより仕方がなかったろう。〈思想詩〉の誕生である。

いま思想詩の問題には立ち入らないが、ニーチェがそうだから自分もいつかは天翔ける詩をと考えることはなかろうと思う。無理をする必要はないのだ。かれのナイーブな時期の詩心を共有できるだけでなく、どうやらそのような詩を自分もかくことができるというのであれば、それで充分だし、そしてそれはとてもだいじなことである。そこまでのところで人間がやりおおせていないことは無限にある。

それというのも、いい詩がかけないと口癖のようにおっしゃる方があまりに多い。わからないではないが、自分の凡庸とその詩の陳腐とをなげく資格のある人間が、一世紀にそうそう幾人もいるとは考えられない。言語は百パーセント繰り返しだし、人間の心もそれに近いのだから、陳腐を承知の上でかくより仕方がないのである。晴れた朝や夕方の海の美しさは陳腐などというものではない。だがそれをかけば陳腐ということになる。だったら陳腐を気にしなければいい。生きていくことのほとんどがいってみれば陳腐の中にある。いい詩の誕生など知ったことではない――と、まあ、覚悟を決めることではなかろうか。

凡人であった頃のニーチェも陳腐な、しかし楽しい詩を残している。

　そぞろにも　おお　さすらわんかな
広やかなる世界を　自由に、
　帽子と服に
緑のリボンをつけ。
（第一行、タイトルを兼ねる）

ここはニーチェでなくフリートリッヒ少年と呼びたい。このあと森の鹿や野バラ菩提樹と、道具立てはありきたりだが、野歩きの楽しさをこころゆくまで歌っている。少年がつけたリボンはなにかの葉っぱであってもよかろう。浮き浮きした気分が伝わってくるようだ。
一方——筆者の勝手な理解だが——かれも若者の常として死を夢みているようなところがある。若者にとって死もまたロマンチシズムの一部だ。『老いたるマジャール人』に託してかれは歌う。

われかつて若かりしとき、
　若かりしとき、いとけなく小さき童たりしとき、
われ捲き髪をなびかせつつ巌の上に飛びのりたり、
　ああかつて若かりしとき！
されどわれ、いまは棺架に　倦みし身をば横たう。

思い通りにはいかないもので、かれは長年狂気の薄明をさまよった挙句死んだ。「倦みし身」といったのんきな姿ではなかった。
『春の歌』と題して詩人の不幸で話を終えるのは本意でないが、惨めな死は詩人に限らずありふれているのだから、その詩が読まれ続ける限り、詩人の運命を嘆くには当たらない。季節が巡ってくるたびに蘇る詩、そして、読むたびに蘇ってくる季節、そのどちらでもある詩がある。

# II

# 詩と音楽と殺人を愛した男

その男は歌が好きだった。自分でも人前で歌った。カラオケでプロのようにうまく歌う人がいる。そんなあんばいであったろう。「声量は乏しく、しわがれ声であった」とスエトニウスは伝えているが、好きこそものの上手なれといった程度の上達はあったようで、「仰向けになって、鉛板を胸で支えたり」、プロなみの発声練習もした。

詩人でもあった。かれの作品の中には「非常に有名になった何篇かの詩」もあったとスエトニウスはある程度評価している。タキトゥスも「ときおり物した詩には詩才の兆しが見られた」と記す。もっとも、他の箇所では「迫力も感興もなく」と評しているから、はっきりしたことはわからない。詩は断片が少し残っているそうだが、一般に目にする機会がないのは、この男の有名度からすると、よほどつまらないものだろう。わが国で紹介された例は寡聞にして知らない。

加えて竪琴をうまく弾いたから、自作自演、シンガーソングライターということになる。かれがもっとも心を奪われていたのはその頃はやりだした歌と所作を兼ねる一種のミュージカルのようなものだったらしい。初めは自邸に人を集めてやっていた。そのうち我慢ができなくなる。かれは「日ごとに強く、公の舞台に登場したいという欲望に駆りたてられていた」とタキトゥスはいう。

近年ローマの暴君伝が流行のようになっており、いまさらネロの話でもないのだが、かれが〈詩人〉だったことと関連して、少しばかり書いてみる。


ネロについては誰しもいく度か頭を掠めた経験をお待ちだろう。わたし（筆者）も年少の頃、プルターク英雄伝を拾い読みしながら、ネロの項がないのを不思議に思ったものだ。実は独立した項があったけれども失われたらしい。長い英雄伝の終わりごろに『ガルバ伝』があり、そこにネロ篇の存在を指すと思われる記述がある。『倫理論集』中の「デルポイのE《エイ》について」でもネロのギリシア滞在に言及しているから、プルタークがネロに関心を持っていたのはもちろんである。余談はさておき、まとまった伝記としてはスエトニウス『ローマ皇帝伝』第六巻ネロの項と、タキトゥス『年代記』第十三―十六巻があるのでこれらを利用することにする（両書とも国原吉之助訳）。『皇帝伝』はネロの死に到るまでの記述があり調法だ。『年代記』のおもしろさは申すまでもない。その他の資（史）料は専門家の守備範囲だろう。

聖書を通してネロ経験をなさった方もおいでと思う。初めて『ヨハネの黙示録』を読んでとまどいを覚えなかった人はおるまい。黙示文学に馴染みのないわたしたちにとって、これはいわば奇書である。宗教文書としては中世以後色あせた表現形式にすぎないけれども、何々の予言といった形で唐突に復活するかと思えば、富士の裾野で似たような御託宣を垂れる人物が出現したりするから、ますますとまどってしまう。

この『黙示録』第十三章に七つの頭を持った怪獣が出現する。劇画風のこの動物が暴君ネロを指すと解釈されている。というのもこの章は「獣の数字を解くがよい。その数字とは六百六十六である」と終わっていて、その六百六十六がネロのことだという。ヘブライ語の単語は数字で表わすことができ、六六六はQesar Neronに当たるというのだが、詳しくは知らない。たまたま筆者の使用する軽自動車の登録番号が六六六――でも笑ってばかりはいられない。第二次世界大戦ではアドルフ・ヒトラーとその閣僚達を指すというから大変だ。ネロが聖書に影を落とすのはいうまでもなくかれが公式にキリスト教を迫害したとされる最初のローマ皇帝だからだ。

芸人ネロのデビューはナポリだった。ナポリはその名の示すとおり（ネアポリス→ナポリ）ギリシア植民市の一つで、音楽その他お祭り騒ぎを好む故国伝来の気風があった。ネロの言い草を借りれば「ナポリはギリシアの町だ。（中略）あそこできっかけを作ろう」（タキトゥス）ということになる。ローマでは当初頑固者が多く、かれらの存在を無視できなかった（因みにかれらがギリシア人を軽蔑した理由の一つはギリシア人の軽薄さである）。ネロにはサクラの集団がついていて、盛大に拍手を送った。その拍手にも幾通りかの型があったという。拍手を忘れている観客はひどいめにあった。

満を持してローマでも舞台に上ることになる。もう押しとどめようがない。機会を捉えては出演する。女性が主人公の場合は自分の愛人に似せた仮面をつけて歌ったというから世話がない。

ネロはプロと同じ舞台衣装で出演した。かれはいったものだ。「アポロンは（中略）竪琴奏者の扮装をしている」（同）と。しかし上層階級の目には皇帝が河原役者の姿で出ていることになり――プロの芸人はみな奴隷だった――それはそのまま皇帝を含む自分たちの階級を侮辱する姿と映った。にもかかわらず、ほどなくかれらもネロの愚行に巻き込まれていったのである。

自作詩の朗読もやった。一般的にいえば印刷術が未発達の時代、朗読が果たした役割は大きい。発達したあとでも朗読固有の意味はあるだろう。しかし詩の朗読にはことに危うい面がありはしないだろうか。だらしない内容の詩を芸人さながらしなをつくって朗読されてはたまらないという意見もあっていいし、そういう見方が固陋とばかりもいえないだろう。

スエトニウスによると、元老院はあるときネロが朗読した詩句を「金文字で刻み」神殿に奉納したという。その折の詩もその朗読もさぞかし立派なものだったろうが、しかし史書に刻まれているのは元老院の阿諛追従に対する冷ややかな揶揄のように筆者には思える。

かれの異性または同性関係については言葉を濁したくなるけれども、少しはいっておかざるを得ない。ただし前者については省く。愉快な話はないとだけいっておく。後者のケースでは、たとえば稚児スポルスの生殖腺を切り取って花嫁姿をさせ迎え入れたこともあれば、ローマ大火の年（大火のすぐ前）には逆に自分が花嫁衣装を着て男色相手の男ピュタゴラスなる者と結婚している。タキトゥスは「いやしくも（軍の）最高司令官たる者が」と吐き捨てるような口調で記す。圧巻はSMパーティである。獣の毛皮をぬいぐるみのように着用し、「杭に縛り付けられた男たちや女たちの陰門めがけて突進した」（スエトニウス）り、反対に自分がレイプされる女の悲鳴をまねたりしたという。ここには「純潔な者は一人もいない」（同）というかれの暗い人間観があった。注目すべき点である。母親アグリッピナの影があると見るべきだろう。

　これら特異な行動に加え、気ままに国費を蕩尽する。権力を維持する上で邪魔になる者、そう疑われる者、ただ気にくわないというだけの者、それらを次々に殺す。恣意的な連続殺人の対象はどんどん拡大し、わけもなく、あるいはわけを捏造して殺す。自殺を命じられた者がためらっていると、医者を派遣して血管を切開させた。史家たちは数多くの事例を列挙しているが、とても紹介しきれるものではない。

　極め付きともいうべきものがネロが放火を命じたとされるローマの大火である。この事件についてはもちろんスエトニウス、タキトゥスともに記載があるが、タキトゥスのかきぶりが特徴的なので、以下かれに拠ることにする。さて火は大競技場外側の出店が並んでいるあたりから出火し、ほしいままに市街を焼いたあと、六日めにやっと鎮火した。噂によるとネロは燃えさかる火炎の美しさに陶然となり、『トロイの陥落』——そういう詩がかれにあったという——を私設の舞台に立って「歌っていた」そうである。

ところがこのあとまたもや今度はアエミリアヌスという貧民街から出火した。タキトゥスは事態を淡々と述べつつ、市民はネロ謀略説を「本当に信じていた」ともかく。それは古いごたごたした町並みをすっきりしたものに改め、立て直した都に「自分の名前をつける」ためのネロ流都市計画だったというのだ。

ネロ謀略説については当時でさえ真相は定かでないのだから、今日わからないというほかなかろう。大火後、ネロは機敏に対策を講じ、再建に尽力した。「家並みを規則正しく区画し、道路を拡げ、建物の高さを（注、約十七メートルに）制限し、共同住宅には中庭を設け、正面の防火対策として、柱廊を敷設した」。耐火性を考慮して石造をすすめたり、消火器を備えさせたりもしている。

ただし自分用に敷地約十五万坪の「黄金宮殿」を建てることも忘れなかった。近時この宮殿の発掘が進んでいるようである。

その間にも流説は広がる一方だ。業を煮やしたネロはキリスト教徒に責任を転嫁し、迫害を開始した——ということになっている。

ここのところタキトゥスの記述は刺激的だ。「彼らは殺されるとき、なぶりものにされ、野獣の毛皮をかぶされ、犬に嚙み裂かれて死んだ。あるいは十字架に縛り付けられ、あるいは燃えやすくしつらえられて日が落ちてから夜の灯火代わりに燃やされたりした」。放火犯を焚刑にするのは当時のローマ法でも江戸期のわが国でも同じである。タキトゥスの文章は迫真的だが、迫真的に過ぎる感がないでもない。

ネロの命運を決したのはこれらのほかに——というよりそれ以上に——ローマ市民の食糧不足だったようだ。ローマはその頃すでに完全な消費都市になっており、穀物は輸入に頼っていた。ところがスエトニウスによると「民衆が飢餓に苦しんでいる最中」、エジプト（当時主要な穀物供給地）から着いた船はネロの競技場の「砂場の砂を積んでいた」というのだ。

スエトニウスが伝えるネロの最期はみっともなかったが——タキトゥスにはその部分が欠けている——ともかく自害でことは終わった。こうして「カエサル家の血統はネロで絶えた」（『皇帝伝』第七巻ガルバ篇冒頭）。しかしネロの悪名のほうは人類史を通して絶えることなく語り継がれ今日に到っている。

かれは絵や彫刻にも興味を持ったが、「何の苦もなく詩を作った」（スエトニウス）とあるのを信じれば、なにほどか詩の才能はあり、詩がかれのファナティックな部分と共鳴し、それを増幅させていった可能性はある。

芸術が生産体系からはみ出すのか、その内部で重要な役割を果たすのか、筆者などはみ出すからありがたいくらいに思っているが、政治（家）がはみ出してもらっては困るわけだ。芸術にはまり込んで国を傾けた君主は洋の東西を問わず数多い。中国だと陳叔宝、玄宗、李煜、徽宗など、わが国にまで有名である。ヒトラーの場合、絵の才能のないことが人格形成を歪めた。いずれも遊び半分でないことが禍いを招いている。とすれば芸術との距離を図るのも権力の座にある者の心得かもしれない。政治も芸術もという君主や宰相も皆無ではないが、いつも期待できることではない。わが国の首相が分相応にそろって芸術を解しないのはいいことだ。かりに首相の誰かが劇場で——自作の詩を！——朗読している様を想像してみるといい。わたしなら目を覆い耳を塞いで逃げ出す。

ネロの悪業が一応伝えられる通りとして、そのあとを辿るのには理由がある。そこに浮かび上がるネロ像は、人間が無制限の権力を握ったときどうなるか、その一つの実験ではなかろうかと思うのだ。通常、人間は僅かな欲望、衝動でも、なんらかの制御を加えながら生きている。千の殺意、万の妄想をゼロになるまで抑え、消去するものなのだ。ところがネロはそれらをそっくり現実に移し、たまたまわたしたちに去来する想念をまのあたりに、掌《たなごころ》を指すが如く映し出す。そういう意味ではかれはわたしたちの悪の代行者なのである。ネロに対する嫌悪には変に生々しいところがありはしないだろうか。それは幾分かはわたしたちの自己嫌悪かもしれないのだ。

付記1

だれにでも贔屓筋（？）はあるものとみえ、ルーマニア出身の特異な思想家E・M・シオランがいかにもかれらしい風変わりなネロ観を披露している。かれはいう、「ネロが『イーリアス』を愛好するあまりにローマを焼き払わせたというのが事実なら、芸術作品に対するこれ以上明白な賞讃がありえようか」（『崩壊概念』有田忠郎訳）と。またネロの名はあげていないけれども、「まだヨーロッパは叙事詩が花と咲き匂うに足るだけの残骸遺跡を持たない……トロイを羨望しそれを模倣しようとおさおさ準備をおこたらないヨーロッパ」（『苦渋の三段論法』及川馥訳）などにもイメージとしてネロのトロイが先行していよう。シオランもおいおい読まれるようになったので、ネロ絡みでひと言紹介しておく。シオランを単にマニアックなレトリシャンとのみ捉えるのは当を得ていないと思うが、そのあまりに華麗なペシミズムが物珍しさを誘っている面もないではなかろう。

付記2

詩人と犯罪者の取り合わせとなると、だれしもヴィヨンを思い浮かべるであろう。オーストリアの犯罪学者エルンスト・ゼーリッヒはその古典的名著『犯罪学』Lehrbuch der Kriminologie（植村秀三訳）の「犯罪の原因」を論じた章で、ヴィヨンのことを「かれは未曽有の深さと優しさを持った詩をかいたが」、数回の窃盗、殺人、果ては売春婦のヒモとして露命をつないだ

――「この両面は明らかにかれの生来の精神病質より流れ出たものであった」としている。つまり生まれながらの犯罪者にして詩人ということだ。反論があることは想像できるが、自然な見方としてはこうなるだろうし、わたしは同意していいと思っている。

ネロとヴィヨンをそのまま重ね合わせるのには無理がある。第一、ヴィヨンは中世きっての詩人であり、その評価は今後もゆるがないだろう。また犯罪の規模も両者では比較にならない。しかし〈生まれながらの犯罪者にして詩人〉という図式は、どちらかの項をミニマムにしたりマキシマムにしたりすることによって、理解の一助とならないでもなかろう。

ネロの母アグリッピナはこれまた奇怪な暴君カリグラ――精神に病《やまい》があった――の妹である。彼女自身史書を騒がす驕慢にして破廉恥な女性である。さらにネロの父ドミティウスは（かれを語る際かならず引用されるとおり）「生活態度のあらゆる面において唾棄すべき人物だった」（『皇帝伝』巻六・5）。ネロが〈生まれながらの〉という悪しき刻印をその多くの行為において逃がれられなかったのは仕方のない面がある。

もっとも、ネロを〈生まれながらの詩人〉には入れたくないと誰しも思うところだが、本文でも述べたように、もともと詩という表現に趨《はし》りやすい性向がかれにあったことは否定できない。そこを詩人というかどうかはさまざまだろう。ともあれ生まれながら聖者のような詩人より興味をそそられるのは確かだ。

# 城趾閑日

近くに城がある。正しくは城跡だが。もっと正しくはそのいずれでもない城のようなものというべきか。というのも、復元という愚行のサンプルがそこに蟠踞しているからだ。以下続くものの言いの曖昧さは、だから、対象となるこの城の名誉のためである。そんなものに固有名詞をつけて呼んだところで仕方がない。単に城ということでお許し願いたい。どうせ察しのつくことだけれども。

## 坂

城に達するにはある程度の距離と勾配を持つ坂がぜひとも必要だ。わが国の建造物において、真にアプローチと称するに足るものは城へ通じる〈坂〉だけである。坂は戦略上必要であっただけでなく、行政上も必要であった。だがこのことについてはいま申し上げないことにする。

さてこの坂の中程である日のこと、一人の武士が発狂した。おかしなことに同じようにして数名の武士が相次いで発狂した。〈おかしなこと〉ではないと事件の研究者はいうであろう。研究とはおかしなことをありきたりのファクターに分解することだから。しかしこの議論もさしあたり本題ではない。

武士の職能には発狂を理念化したような面があるのは確かだが、日常的にはあくまで擬制としてである。武士がまともに発狂したら誰かを殺し、自分も死ぬしかない。件のケースにおいてはこのプロセスはその日のうちに完了し、一基の標柱をとどめている。

だが発狂はこの日だけでは済まなかった。それは目前に迫った大がかりな発狂の前ぶれでしかなかった。思えば時代の苦悶を滲ませた脂汗のような発狂があるものだ。自ら発狂する者、強いられて発狂する者、数千の発狂者群が続いた。これだけの数に達すると、病理の段階を越えて歴史になる。

その歴史を略記するとこうだ。かれらは得物《えもの》と服装を異にする二つの集団に分かれて対峙することになった。だがそれには城付属の坂では短すぎた。かれらは北ほぼ十キロの丘陵地に赴いて陣を敷き、長いながい坂を挟んで、また坂の上下で、発狂即死というかれら特有の酸鼻なリアリズムを発揮した。その坂の名は……死を賜《たば》るいくさ神の出張は上巳明けの日から同月下旬に垂んとしー。

**墓地**

城のどこにも墓地がない。城に詰めていた年俸受給者たちは瞬時に殺し屋とも殺され役ともなったが、領主一族の墓所さえ城から離れた地点にある。家臣を処刑する際にも専用の門から城外へ連れ出し、河原で首を刎ねた。

死をだぶだぶに満たしていたはずの城がいつも死の外側にあるかのような姿勢を取り続けたのは、自らの死臭を恐れたというべきだろう。これらの措置は衛生的でもあった。結果、磨き上げたような城ということになる。もしここが暴力に裏打ちされた統治機構の中核であったことを忘れるなら、ロマンチシズムの対象とさえなるだろう。あまり理性的といえない詩人たちにとっていまでもそうであるように。真実より虚構が美しいのであれば、無害の虚構を楽しんだところでだれも文句はいわない。ただ、一般の人は詩人と異なって謳い上げることまではしないのである。両者の違いはロマンチシズムの多寡というより、羞恥心のそれだろう。

話次。アンチロマンチシズムということ。

世の中にはとてつもないリアリストがいるものであって、このロマンチシズムを一笑に付したであろう人物が荻生徂徠その人である。

かれが『政談』の中で、一度ならず飯田覚兵衛なる豪の者に言及していることはごぞんじの方も多かろう。ただし次の部分は外聞もあり飛ばして語られても仕方がない箇所だが、この際あらためて紹介すると、この覚兵衛の話として徂徠が記しているのがあの朝鮮出兵の折のことである。敵城へ一番乗りの手柄話に次いで、「大軍の陣取りたる跡」は日本では「糞満々《みちみち》て足のふみ所もなき」ありさまだが「大明の軍兵」の場合はそうではなく（「糞したる跡はかつて見えず」）きれいであると（巻四）。

わが覚兵衛ゆかりの城も近代に入って籠城を経験した。期間が短かったたし、それなりの設備もすでにあったのだろう、糞尿譚は残されていないようである。城は戦略上の理由から自焼した。汚いものが多少散らかっていたとしても、ついでに燃えて片付いたことだろう。実情はともあれ、遠く時と所を隔ててではあるが、二度も汚い話を記録されずに済んだのは結構なことだ。先の小話は法令云々で締め括られている。堅物が政事軍事を語るのだから致し方ない。

### 武器庫

城の明け渡しで最も重要なのは武器庫の引き継ぎである。城は一時的に武装解除され、要塞としての機能を失う。新しいヤドカリがするりと入れ替わるわけだが、この際の時間差は権力の移行に切れ目があってはならないので、形式的には零である。実務上も零に近いことが望ましい。この張りつめた手続きによって権力の移譲が最終的に確認される。

武器庫はやはり一度見ておいたがいいようだ。現代の武器とはもちろん比較にならないけれども、近代以前の武器もなかなかの迫力である。わたしたちは丸腰でその前に立つのだから、恐怖を感じるのも当然、いわば生涯武装解除されて暮らす自分が、生涯敗者を続けているように思えてくる。支配されるということはかつて紛うことなく敗者の位置に立つことであった。武器とはむきだしの支配である。

城の武器庫は現在各地に残っている。城が消滅したため、博物館に姿を変えたものもある。どちらも中味は外に取り出しさえすればいまなお生きた武器だ。でもそれらをガラス戸の中に閉じ込めているのが現代だから、それでいいではないか、だって？

建て前からすると支配構造の逆転をなし遂げたのが現代だ。そうでなくて表面だけが変わったのだ、という見方にはっきりノーといえる日が来るなら、そのときはあの古ぼけた武器たちを手にとって心置きなく鑑賞できることだろう。

待ちきれなくなっていちはやく武器庫から脱出し、そのまま市井の玩具になった例がある。この城とは別、山あいの廃市筑前秋月に残る抱え砲《づつ》などがそれだ。試射のさまを見てその徹底した非実用性に目頭が熱くなった。抱え筒花火に似てそれに及ばない。ばかでかい音を発するのみである。実弾は現在はもちろん、もともとあったかどうか。谺に濁りがない。この町でもかつて乱があった。旅行者の耳には弔砲のように響くのである。

## 石垣

城の石垣は砂漠を縦にしたような処だ。猛烈に暑い。そしてなにもない。

連日の熱気を石が蓄えている。直接肌が触れると火傷しそうだ。いや実際にその危険があった。当然全身を覆い、忍者の出で立ちである。忍者と石垣、まるで時代劇だ。

十月に入ってからでもよかったのだが、リーダーがあえて九月だという。まえに六月のプランが流れてしまい、七月八月は旅行やらお盆やらでメンバーの調整がつかなかった。そこでひとつにはやわな新人――わたしもその一人だった――の訓練のために、もひとつは草が枯れてしまうとかえって除草がしにくくなるというので九月なのであった。

石垣には「なにもない」といったのは誤り、雨の多い春から夏の初めにかけて石の隙間に雑草が入り込む。こんなのに限って宿根草だから、ほっておくとどんどんふえる。見かけもよくないし、草は石を食《く》うのである。いわば寄生虫だ。こまめに取り除かなくてはならない。わたしたちの登山会はいわゆるボランティア活動をやっていたのである。

そのうちなれてきた。何か石の表面を掠めるものがある。トカゲだ。トカゲならいい。だが蛇が出てきたらどうする？「心配しなさんな。いまの時期乾燥しているからいやしないよ」ほんものの砂漠にはガラガラ蛇がいる。「ここは日本だ。よかったなあ、オイ」

急ぐ作業ではない。観察を始めた。分担箇所はちょうど櫓の下になっていて、仰ぐと等間隔に穴が開いている。よじ登ってくる敵兵めがけ、そこから石を落としたり熱湯をかけたりする仕掛けであることは申すまでもない。わたしはいま敵兵の位置にいる。逃げられない。「何をしておる。まだ終わってないぞ」

最後の難物に取り掛った。石垣にへばりついている雑草の一群、茂みといった感じだ。灌木まで混っている。イヌビワだ。紫色に熟した実は甘い。こどもの頃を思い出した。五つ、六つ、あと手が届かない。わたしは石垣の角に置いている爪先に力をこめ、勢いよくとんだ……

とび上がったつもりだったがそれはほんの僅か、結果的には下へとんでいた。ブランコとは違う奇妙な感覚でわたしはぶら下がっていたのである。大怪我もせず死にもせず、精神の異常を囁かれることもなく済んだのは命綱のおかげだ。わたしは綱をたぐってもとの位置に戻り、素知らぬ体《てい》で作業を続けた。叫び声をあげなかったのがよかった。

それにしても高い石垣に登っていて、前後を忘れてとぶとは何ごとか。飛ぶ羽を持たず、着地する処もない中空で躍ぶとは。幼児期そして少年期、わたしは無茶をして計三度骨折した。こんどは命がないぞと親たちは叱ったものだ。どうにかまだ生きている。命綱のような好運――では比喩が過ぎるにしても、気付かないさまざまの偶然に助けられてきたに相違ない。神に感謝を。

## 樹木

戦いと無縁になった城は樹木の占有地になる。エコロジストはもとより、古生物学者までが想いをこめて語る樹木。幼年期をきららかにいろどり、老年の隅《くま》ぐまに佇む樹木。樹木の風景が半分になれば人生も半分になろうというものだ。

それにしても三十万坪の城に楠一種とはあまりに偏った樹相ではないか。信じ難いことだが、この城の内には一本の松も杉もないのだ。面白半分に植えた木はある。バクチノキなど。わたしがいうのは植えた木ではなく生えた木のことだ。

楠は限度を知らず生長を続ける。節度を知らずといったがいいかもしれない。楠は石垣の石を押し出し、あるいは割る。

市民はこの楠を愛している。かれらが自分たちの町を森の都というとき、ほとんどが楠をイメージしているのではなかろうか。かれらの感傷は楠と共犯関係にあるのだが、それには気付かないようにしている。

樹相の単調さが飛来する鳥の種類を著しく制限し、天空のサーカス団員が灰色のヒヨドリだけということになる。気落ちしている人、しがちな人にこの森はおすすめできない。しかしバードウォッチングを趣味にしている人は——こんなところにも双眼鏡を手に散策の方がおいでなのだ——わたしの意見に賛成なさらないだろう。椋や榎だって生えていないわけではない、夏鳥冬鳥しかじか、カケスだっていますよと反論なさるだろう。でもマニアの眼を借りなければならないということは、概略、わたしに対する反論がわたしの説を立証することでもある。

城からはみ出そうとする処に植物園があり、ここには思いきり多種の樹木が植え込んである。

仕組まれた緑であるが、季節を逐って花が咲く。ささやかな蜜と実りがある。語り損ねた恋はここで語るとよい。

# 憲法色

さて皆さん、わたしはいまとある老舗に立ち寄り、
分厚い綴本をめくっているところです。

**憲法色**

日本国憲法は色でいえば白、白旗の白だ。敗者のマークを掲げているようなものだ。いやそうではない。赤だ、赤旗の赤だ。占領軍のスタッフに社会主義者がいる。これも負けたればこそ、赤っ恥の赤だ——発布時こんな議論があった。どちらとも関係がない。

しいていえば宮本武蔵と関係がある。かれと吉岡一門との死闘はお馴染みの通りだ。その流祖吉岡憲法の考案になる染色がある。楊梅《やまもも》の樹皮で染め、小紋をあしらうのだそうだ。防虫の働きがあり、地味でしかも小粋である。憲法が好きになった。かれらをもっぱら敗者のイメージの中に閉じ込めておくのは適当でない。

京の庭で楊梅を見かけたことはない。繁りすぎてうっとうしいという欠点がある。だが周りの山でも少ないというのは少なくなったということだろう。いまどき憲法云々よりこちらのほうがだいじかもしれない。

## 赤墨

赤を含んだ墨色。ことばとしてはわかっても、いったいどんな色だろう。

——あの色だろうか、貨物船の船腹の色。水に沈む部分を赤く、吃水線以上を黒く塗る。夏休みにドックに迷い込んで見た目の眩むような船底の赤。耐えきれなくなって眼を上へ向けると、その赤の残像と巨大な黒い船腹とが重なって、いままで見たことのない恐ろしいものにうつった。あれこそ赤墨色ではなかったか。

もいちど行ってみようか。白い帽子を被って、釣り竿をかついで。年上のいとこたちは町へ引きあげ、ひとりぼっちだった。

秋が来る前に進水式。

船は引き取られてほかの港へ行く。残る場合もすぐに長い旅に出、単に薄汚れたダークグレイという姿で帰ってくる。あの疲労と安堵のさまもなつかしい。

## 鶸色

なかなか気楽な日日とはいかない。どこかの温泉に一日つかっていれば気が晴れるだろうか。とてもとても。見たことのない小鳥に出会ったらどうだろう。それはほんの少しだが気持ちの安らぐことだ。

鶸《ひわ》は飛び立つ姿がいい。羽を広げると黄緑の地に半割りの黒い輪が二列、この二列というところが芸のこまかいところだ。真鶸と違って河原鶸では一列、間が抜けている。しかも褐色が加わるので、色名でいうところの鶸色には該当しない。

黄緑といえば済むものを、鶸色と呼んだ人にはそれなりの理由があったのだろう。格別手のこんだ話でなくてもいい。

「あれは鶸じゃないか」

「…………」

「ちゃんと見ないからもう飛んでいったじゃないか」

## 煤竹色

力衰えた老人の保護色、金貸しのカムフラージュ。自分たちの姿を朽ち葉よりもネガティブにして。では家康の羽織が煤竹色とは何だ？　ここでも権力のデザイナーとしては秀吉よりうわ手だったということか。

楽しくない。だが煤竹そのものは結構なものなのだ。話をそちらへ向けよう。「コキリコの竹は七寸五分じゃ、長いは袖のかなかいじゃ」で始まる五箇山のコキリコ節、この竹も煤竹、ジャラジャラともガラガラともつかない雑音的な伴奏が中世の古調を守り通してきた。のちの江戸音曲にありがちな感傷の入り込む余地を与えなかったのだ。天井裏の竹の廃材がリサイクルはおろか格段の出藍、とぼけたお囃し、楽しい。

煤竹の羅宇も祖父の代まで。それをやめて巻煙草にしてからなんと煤竹色の肺、そして肺ガンが増え出した。

## 裏葉柳

裏白はわかる。たとえば裏白樫を庭の奥まった場所に植えておくといい。葉表の緑が濃い分、葉裏の白がいっそう鮮かである。初夏、風をまって庭に立つのもわるくない。

ウラジロナナカマドは登山者だけのものだ。でも紅葉は普通のナナカマドと変わりない。そんなのでなくてごく平凡な木の葉っぱ、その裏側の色はなんと呼べばいいのだろう。要するに表より少し薄いだけなのだが。柳では裏葉柳というのだそうだ。だとすればよろず裏葉なんとかでいいわけだが、特にそんな言い方はしない。言うほどのこともないのだ。

気になる方はまず件の柳でお試し下さい。遠くからでは風が吹いても色に変化があるようには見えない。近くで見上げると曇り空に溶け入って判別がつかないか、洩れ落ちる日の光でやたら眩しいかのどちらかである。怒りっぽい方にはおすすめしない。

## 消炭色

消炭がなければ消炭色もないわけである。薪を焚く竈《かまど》が残っていても、燠《おき》を入れて消す炭壷はもうないだろう。消炭は燃料を二度利用するという点で賢い倹約法だった。着火が容易なので、まず消炭を下に置き、そこに新しい炭をのせて火を熾したりもした。軽薄な者を、消炭のような、といって揶揄することもあった。

下手な炭焼きだと炭になりきらない部分が残っていて、これが煙たくてならない。炭を通り越して消炭になっていたりする。どちらも売物にならない。いい炭を焼くにはなによりいい窯を築く技術が必要である。

かつて農村の少年が登校途中、焚き火の炎を見つめながら考えたことは何だったろう。水をかけると白い蒸気が立ち昇り、消炭が残る。少年の多くはそのようにして人生を始めるしかなかった。

## 杏色

杏子色でも同じだが、きょう子色では困る。

旧宅西門の両脇に杏を植えていた。土質が適していたのか、辛夷《こぶし》が終り、山桜がいましばらくしてからという頃、天上の花盛りを写し取ったかのようにに晴れやかに咲く。枝の付け根から先端まで余すところなく花を着け、しかもそのすべてが実を結ぶ。熟するのは入梅直前だ。陽表は紅に近く、陽裏は黄色い。どこを指して杏色というのかはともかく、色名としては黄赤色。小学生たちが見上げて通る。例年七十キロから百キロの収穫があり、お返しにといってジャムや乾杏になったのを頂くこともたびたびだった。

家を譲るとき買主がこの杏の木に感激して孫に女の子が生まれたら杏子と名付けますなどというので、価格のうち一千万円を（無理しているらしかったので）有る時払いにした。生まれたろうか、杏子《きょうこ》という名の女の子。

## 小麦色

収穫した小麦の色？　だったら国産の小麦なんてほとんどないのだから、袋詰めにされた輸入小麦の色ということになる。少女の肌をそんなふうに言っていいのか。

もともとがまちがっている。わたしの考えでは小麦色とは刈り入れ直前の小麦畑の色だ。探せば見付からないものでもあるまい、畑もその色に染まった少女も。

早い時刻の夕立、そしてさっと晴れ上がった五月の小麦畑を少女が自転車に乗って虹の中へかけていく。穂波につと吸い込まれ、もう姿は見えない。家へ帰り着くころには少し汗ばんでイチゴジャムの匂い。明日あたり小麦畑でパンが焼き上がる。

季節限定の小麦色。だけどstraw color《ストローカラー》とは違うんだな。これは亜麻色のことだ。小麦色の肌と亜麻色の髪となるとあんまりだから、前半だけで充分すぎる五月の小麦畑。

**セピア**

タコの一派に専守防衛派がいた。ありてい逃げの一手だ。だがさすがに頼りなかったのだろう、思い付いたのがより多量の墨を確保することだった。こうしてイカが誕生した。イカの中で最も臆病な連中が最も多量の墨を蓄えることになったのは成り行きだ。こうしてコウイカが誕生した。弱者であることと引き換えにコウイカはより濃密な性愛の悦びを手に入れたらしい。他の魚類にはない人間臭い繁殖行動が一部ある。

人がコウイカ（セピア）の墨を用いて自分たちを記録し始めたのも臆病者同士、因縁といったところか。それらは生きものであることから生きものであったことへ、次第に哀しみの色を深めていく。人の記憶もいつしかみなセピア色、他人の記憶に残るあなたの姿もセピア色。コウイカを墨ごと食べてしまえばセピア色もないわけだ。それでも時は褪せていく。名付けようもなく、それはそれでもっと哀しい色だろう。

**代赭色**

わたしたちが取り落とした感情の一つに〈郷愁〉がある。ふるさとそのものを失くしたからだ。

取り返すためにヨーロッパへ行くのはどうだろう。

ふるい町並みの、とりわけ屋根の色。煉瓦色でも単に赭でも、いくぶん気取って洗朱《あらいしゅ》、潤朱《うるみしゅ》といってもいいし、バーントシェンナという呼び名もある。耳なれた言い方としては代赭色だ。屋根の色そのものにばらつきがあるのだから、正確を期しても意味がない。燻《くす》み具合がひどければ中世の色ということになる。それならなおいい。

大理石造りのホテルに戻ってあらん限りの愚痴をこぼしてみる。こどもの頃、せめて一時期、こんな町で過ごしたかった、などなど。そして〈黄金の老年〉。代赭色の町が午後の光に輝く中で、こころおきなくまどろむのもそのひとつに違いない。

## 火色

いにしへの火色ぞ燃ゆる野焼きかな

三十年以上も前、なにかで拝見した句、うろ覚えである。火色ぞ、で切るのか、火色ぞ燃ゆると続けるのか、作者（草田男？蛇笏？）も記憶にない。しかしいい句だ。

火色という色名はない。僅かにあっても緋色（深紅色）を指す代替名にすぎない。燃えるような赤という比喩があるだけだ。燃える色そのものは現にそれを見るか、イメージするかしかない。この句はイメージを喚起する強い力がある。だからいい句だ。

火色にあまり執着してもらってははた迷惑である。許されるのは囲炉裏や庭先の火、ちょっと規模が大きくなって火振り神事の火、もっと大がかりなのが野焼きである。特別なものとしては花火がある。しかしこれは、いにしへの、ではない。それどころか多色が禍いして柄模様の一つにとどまる。

# 魚づくし

筋向かいに料亭が出来た。こういう処でもいわゆるランチを出す時代だから調法している。昼はしばしば、夜はほんのときたま顔を出す。大衆魚（昼）と呼ばれるものから高級魚（夜）まで、一応お目にかかることになる。以前魚食い族の話をした。こんどは魚（介）が主人公だ。とりとめのない話になるにきまっているが、多少の枠は必要と思うので、適宜アテナイオス『食卓の賢人たち』（柳沼重剛訳。以下同じ）に戻りながら話を進めていくことにしたい。古今料理の本は数知れないけれども、この書ほど馬鹿話を満載しているものはない（もちろんまともな話も数多いが）。枠といっても、だから、あってないようなものだ。せいぜいアテナイオスとの掛け合いにつとめ、食卓の愚人を地で行くことになろう。まじめな話の際はこれも適宜アテナイオスの顰《ひそみ》にならってアリストテレス『動物誌』(&『動物部分論』)を利用することにする(島崎三郎訳)。島崎氏はアリストテレスがレスボス島の海岸部で研究していたことがあるらしい旨、註しておられる。アリストテレスの研究も記述も実証的なのである。

とりあげる魚は思い付くまま。

**鰹**

初夏の鰹は水っぽくていけない。こんなものを珍重した江戸っ子の味覚はどうかしている。ところが秋口の戻《もど》り鰹は脂がのっていてわるくない。安くてうまいということが嘘ばかりでないことを料理人たちが証明してくれる。「庶民的」がこのレベルで維持されたら結構な話だということで、名前だけでも筆頭に記しておかなくてはならない。

アテナイオスにも「すばる星の沈む秋の頃、鰹をば如何様にせよ、調理せよ」とか、「鰹は秋に買え」とかあるから、これも戻り鰹であろう。如何様のうち最善の調理法は

無花果の葉にくるみ、葦の紐もてゆるくくくれ。

次にそれをば熱き灰の中に入れ、頃合いを見計らい、

火の通りしやを読め。ゆめ焦がすべからず(278C)。

だそうだ。蒸し焼きだが、しくじればなんのことはない、タタキである(新しい料理はこうして生まれる)。

アテナイオス第七巻の魚づくしもたまたま鰹の記述から始まっている。かれらにとってもいちばんなじみの深い魚だったのではなかろうか。

別話。鰹で思い出した。

鹿児島県枕崎へ行ったことがある。町全体が鰹節を造るにおいに包まれていた。海と鰹。そのほかなにもない。土地の性格がこれほど単純だと痛快な感じさえする。

ここからはるか南に下った太平洋のどこかにも、鰹だけで生きている島があるそうだ。鰹節も造る。鰹の調理法はアテナイオス風である。

## 鰻

コーパイス湖の鰻については前にも書いたことがある。近代に入って味覚オンチのイギリス人がこの湖を干拓してしまったので、今では話に残るのみだ。土地の人（ボイオティア人）は犠牲獣のかわりに大型の鰻を供えたそうだから、かれらにとっては自慢でもあったのだろう。『イーリアス』に「鰻どもや魚鱗《うろくず》ら」（21歌353）とあるのは、鰻と魚とは別と考えたからだろうというが、わたしは魚でいいと思っている。

昼にはその鰻を週に何回か食う。席に坐ると、いつものにしますか、と仲居がきくほどだ。丼では食べにくいから、鰻と飯、別々に出してもらう。からりと焼き上げてタレを付けたものがいい。蒸しを加えるところが多くなったが、離乳食か病人食ならともかく、あんなふわふわしたもののどこがうまいのだろう。

鰻には余計な記憶がある。三十年も前になるが、家内を連れて江戸時代から続くという老舗の鰻屋を訪ねたものだ。裏の堀割に柳の枝が垂れ、遠く山の麓が霞んでいる。いい処じゃないか。だがあとがよくなかった。

「お出しするまで二時間ほどかかりますが」

これから炭を熾し、生簀から鰻を揚げて来るのだという。遠大な話である。やめた。

「わたしたちに恥をかかせたくなかったのよ」

と家内はいった。金の無い人間はおのずとそんな顔をしているものだろうか。その鰻屋は現在デパートに店を出している。過ぐる日の好意を謝しつつも、断じて立ち寄らない。

天然物といっても昔はそれが普通だった。これより更に二十年以上遡るが、小学校の同級生に鰻問屋の息子がいた。ところが戦争が始まって二年くらい経つと知り合いにも売らなくなった。軍関係が強制的に買い上げてしまうのだという。その頃将校たちは毎晩のように宴会を開いていた。鰻の行方もそんな処だったろう。これらはすべて国費であり、統帥権の独立であった。

中国の鱣《たうなぎ》は別名川蛇ともいうように、鰻より蛇に近い。それでも鰻である。あの亡国の軍人たちにはこんなものでも食わせておけばよかったのだが、わが国にはいない。

おもしろい食べ方を一つアテナイオスから拾い上げておく。「昔の人が砂糖大根にからませて鰻を食べていた」例は多いという。

まだ夫を持たぬ娘が来る。

白い肌とからだを砂糖大根にかくして。

おお、鰻、大いなる光、大いなる輝きよ（300b）。

かと思うと
砂糖大根をまとうた、ボイオティアはコーパイス湖の乙女。

この女神を指して「鰻」と申すは畏れあり（300C）。

と、砂糖大根については共通しているが、鰻を女性にたとえることについてはためらいも見られる。わが国では怒りを買うこと必定だ。わたしは試してみた。

## 鱸《すずき》

秋の鱸はうまい。官職を投げうつほどうまいという逸話を持つくらいうまい。鱸の味より官職の味けなさがこたえたであろうことは勘ぐるまでもなかろうけど。この鱸は淡水産。

アリストテレスも淡水海水のそれを分けて記している。これらは魚種として別らしい。

わたしたちが一般に鱸と呼ぶものは汽水域、つまり河口あたりでよく釣れる。気分次第で海へ行ったり川へ出掛けたりするのだろう。わが国では淡水物沿岸物といった分け方はしていないようである。

ところが別の意味で鱸には二種あるという。長女の婿がどうしたことか鱸マニアで、土曜ごと釣りに行く。東京湾で釣れる鱸なんてうまくはなかろうというと、いやそうでもないとのこと、鱸には二種あり、地付きは駄目だが、回遊して来るのはいいのだそうだ。仕掛けやポイントで釣り分けるというのだが、要するにうまかったりそうでなかったり、あとで「二種」に分けるのではなかろうか。いずれにしても鰓《えら》のところが剃刀のように鋭いので、釣り、料理ともに注意が必要である。

鱸の幼魚をセイゴというが、これはやめたがいい。まずいし、鱸にとっても不名誉である。鱸そのものがまずいと思われかねない。漁師にしても網にかかるから仕方なく獲るまでのことだ。

鱸がこの店で出されたことはまだない。秋ということで思い出したまでだ。多少あやふやなところのある魚ではあるし、川か海か所属不明ということで魚問屋に敬遠されていなければいいが。洋食ではハーブを用いてそれなりの味を出している。「強すぎぬ火もて焼き」とあるから試して頂きたい。かれらには「味がよいので一級の魚」だそうだ。

わが国ではありがたいことに大衆魚である。塩焼きにして青い柑橘類を絞るというそれらしい食べ方もわるくなかった記憶がある。

**鮪**《まぐろ》

友人が長年朝日新聞本社に勤めていた。「近くにガン研があるんだ」、そこから吹いてくる風がよくないのじゃないかという。体の調子がおかしいと半年ばかり悄気ていた。根拠というのは、ガン研の連中はガンで死ぬのが多いんだ、とか。近くの新聞社が巻き添えを食うのは割に合わない。

そのうち元気になった。風の吹きようが変わってきたのだろう。快気祝いに飲もうということになり、鮪のうまい店を探すことになった。朝日新聞は築地河岸の近くでもある。

鮪は食い損ねた。刺身の一切れが何千円もするというのではまるで犯罪である。店のほうはひとまず措き、客のほうだ。犯罪的な金でなければ使えるはずがない。それらは出自に見合った消え方をしていく。

定年前の小心者二人は結局小料理屋に入り、ありきたりの肴で酒を飲んだ。

貧乏人のひがみついでに鮪の悪口(?)を一ついっておく。アテナイオスはイベリアのどこそこに「海中深く団栗の木が生えていて、その実を食べて鮪が太る、それゆえ、鮪を海の豚と呼んでも間違いにはならない」(302d)というポリュビオスの説を紹介している。話はまるで山海経のように荒唐無稽だが、「海の豚」は言い得て妙である。豚なら団栗を食べるだろうし——団栗は当時実際に豚の餌——だったらその木が海中に生えていなくてはならない。この一見奇怪な説——柳沼氏は不可思議千万と註しておられる——も、話が逆さまに仕立てられているだけのことだ。豚のような姿形から出発すればいいのである。プリニウスも海中のカシワに団栗がなる話を記しており、それは「潜水者たちによって確かめられた」のだそうだ(巻十三・137)。なおストラボンではこの団栗は海団栗＝フジツボになっている（C145）。

魚河岸には鮪専門の卸問屋が並んでいる。これほどまでに鮪に熱中している民族は他にいない。アッティカのある所には海神ポセイドンに鮪《テュンノス》を供えるテュンナイオン（鮪祭り）があったそうだ。いまさら祭りでもないとすると、魚河岸に供養塔でも建てておけば、将来的には言い訳の一つにもなろう。

**料理人**

美食家というのは「ヘラクレスのように牛肉を食べる人じゃないし……プラトンのように無花果が好きな人でもない……そんなのじゃなくて、魚屋に入り浸っている人のことだ」、そして『美味』と称されるものは、主として火を通して料理されたもののことだ」そうだから、魚好きでも刺身を好むわたしたちは範疇外ということになる。それでも鰻を生で食うことはしないから、かれらの味覚が全く理解不能というわけではない。

ともかく料理つまり料理人の比重がかれらにおいてはより大きいことになろう。そして料理人が講釈好きであり、「法螺吹き人種」であることは時代を問わず定評があるから、しゃべらせておけばきりがない。ちょっとだけつきあうことにする。

ある料理人がいう、料理術を学ぶ前に「占星術に幾何学に医術」を「知っといたがいい」（291b）と。これではプラトンのアカデメイア入学よりも難しくなりそうだが、理由はちゃんとあるらしい。占星術は天文学、暦学に連らなるから、「季節の移り変わりによく注意するようになる」、そして魚の旬がわかるようになる。「だが幾何学は何の関係があるのかね」。答えは調理場のレイアウトに役立つというものだ（378b－eではずばり「建築術」になっている）。医術についてはいうまでもなく栄養とか薬の知識である。今の調理士試験などとも重なる部分がありそうで、法螺とばかりもいえない。

右の幾何学に関する箇所で料理人とぶつかったことがある。シオジの一枚板で造った豪勢なカウンターのあたりがある日魚臭く感じられた。日を追ってひどくなる。空気が向こうへうまい具合抜けていかないのだ。設計つまり幾何学がなってない。わたしは注意を促した。かれらは一週間ほど腹を立てていたが、どうにか非を悟ったようである。過度に依怙地でないところが商売人らしくてよろしい。

**利尿作用**

医術ついでの話である。

ある説によればハタには利尿作用があるという（355d）。魚介類の利尿作用云々はアリストテレスにもプリニウスにもあり、説自体が珍奇というわけではないが、それにしても変だなと疑っていた矢先、たまたまハタを食う会があった。ハタは重さ数十キロにも成長する。しかも馬鹿太りではなく美味だ。ただし高価なのでメンバーを募ったのである。

その時にもそれ以前にもわたしの経験では利尿作用如何は判然としなかった。アルコールが入ればなおのことである。他に黒鯛やメジ、ベラの一種もそうだというが真偽のほどはわかりかねる(第三巻では貽貝やフジツボなどもそうだといっている)。わが国では聞かない話である。

魚は有毒無毒さまざまだし、ほかにもいろんな薬理作用を考えて当然である。とはいえ次のような説をどう受け取ったものだろうか。

蛸、甲烏賊、およびそれに類する軟体類の肉は消化が悪い。それ故性欲増進に向いている。というのは軟体類は吸った息で体が張っているのだが、性交の絶頂には、体内に吸気がみなぎっていることを要するからである(357c-d)。

アテナイ人の医師ムネシテオスの説という。他にも類似の発想があったように思うが今思い出せない。いずれにしてもまじめな珍説?

だがこの医師はなるほどと思う発言もしている。「川と湖で一生を過ごす魚の中では川魚のほうがよい。湖沼では水の腐敗ということがあるからである」と。今日的な水の汚染という発想の芽がここにはある。ただし現在では川も湖も汚染という点では甲乙つけがたいから、川魚も川次第ということになる。

明るい魚談義に戻ろう。魚を食べる楽しさは原始から受け継いできたものだ。その原始性を復活させることだ。前かがみの現代人でありすぎるのはよくない。

## ホヤ

貝類からも何か一つと思ってホヤを考えたが、ホヤがはたして貝なのかどうか、正体不明のところがある。アリストテレスも迷いながら貝類に入れているようである。ホヤといってもいろいろらしい。話はもちろん食用のホヤである。

わが国では三陸沖でよく獲れる。いつぞや岩手を旅行した折、三陸海岸へ出て思う存分ホヤを食おうと家内に提案したが、どうしても承知しない。いつ津波が襲ってくるかわからないから嫌だという。あとで考えるとだまされたのではないかと思う。あのグロテスクな姿に付き合いたくなかったのだ。啄木だの賢治だの、腹の足しにならないものばかりでその旅は終わった。

アリストテレスによると「ホヤと称するものはすべての殻皮類の中で最も変わった性質のものである。すなわち彼らだけは全身が殻の中にかくれ、その殻は生皮と貝殻の中間物で、したがって硬いなめし皮のように刃物で切れる」。因みに、ウニの口器についての有名な〈アリストテレスの提燈〉のすぐあとにこの記述がある。ホヤはその外形がはなはだ奇異であって、和名はランプの火屋《ほや》からきているという。とするとこの〈提燈〉＝原文「ランプのような」がアリストテレスではウニになり、わが国ではホヤになるという次第だ。ホヤのでこぼこした古生物ふうの表皮——近頃はここを指して海のパイナップルというのだろう——を裂くと「他のどの動物にもみられないようなホヤ独特の肉質部がある」。そこが食用である。磯臭さを好まない人はどこにでもいるようで、わが国でもことに女性たちはそのようだが、わたしはうまいと思う。

その思い込みが過ぎて酔うとついホヤの話をし、失敗する。「酒の肴にホヤはいいよ。なんでこの店には入れてないんだね」「入れても注文するお客さんがいませんから」「いないことはないさ。現にここにいる。きみらが調理の仕方を知らないんだろ」「そんな……」

思えば北国の海から西海路の涯近いところまでかなりの道のりだ。諸人が双手をあげて歓迎するわけでもないのに、はるばるお目見えする道理がない。だとしたらこのあとわたしとホヤとの縁はアリストテレスの講釈を聴くことで終わるのだろうか。

# イエスと中風患者

もしなにかで聖書の研究文献目録を目にする機会があったとしたら、和文に限ったとしてもその膨大な量に驚きあきれ、読もうという意欲をはなから失くしてしまうだろう。この森に迷い込んだらおしまいだ、最初から読まないに如くはない、とまあ、怠けるのに都合のいい口実を設け、小生の場合結局一切読まなかった。

薄っぺらな好奇心の顚末はともあれ、中国の経学にしろアラブのイスラム学にしろ同様のものらしい。仏教については周知のとおりである。僧も研究者も要するに暇なのだ。もし一般の人が汗牛充棟もただならぬこれらの書籍群を前にしたら、そのもととなる宗教自体に興味を失ってしまうかもしれない。稼穡の日常からあまりに遠いゆえである。かれらが宗教から離れなかったのは、ごく限られたことば、単純な儀式がかれらを繋ぎとめていたからだ。キリスト教だと聖書である。新約はことにハンディであり、これさえ読んでおけばいいという簡便さがなによりよろしい。イスラム教の断食となると苛酷なようでも、これも儀式と考えれば容易に妥協できる範囲内だ。筆者は一週間ほどの断食を数回試みたことがある。水は飲むが、食事は一切とらない。その覚悟ですればさほどのものではない。太陽が出ている間だけ飲まず食わずというのは断食というよりリクレーションに近いのではなかろうか。仏教だとわけのわからない読経がいい。わかったらこの忙しいのになにいってんだという気にもなろう。

読まず、深い関心は持たない言い訳はこのくらいにして、毎日修道院の隣へ出かけている。「尼寺へ行け」の尼寺、の隣だ。間は細い私道によって隔てられている。修道院にはライラックなど、ほんの少し異国風の木が植えられ、その道を覆っている。

修道女たちは世間並みの常識もあり、気持ちの上でははるかに立派な人たちであるが、女性としての魅力を捨てることに専念し、何十年もそうやっているうちに、それなりの成果はあがるものである。若い修道女は見かけない。以前一人いたが、異動でいなくなった。修道院の後継者難は世間以上だ。

修道女たちはシスターと呼ばれ、中風の家人がお世話になっている。彼女たちはキリスト教に関連のある話をほとんどしない。神も仏もない状態の患者が相手だ。患者の限られた生活（生存）上の反応にかかわることでせいいっぱい、患者はすべて老人だから、老いとその果てがここでの全部である。胆の据わったシスターたちと対照的に、わたしたち外来者がそわそわ行き来している。

シスターは船でいえばオフィサーの立場にあり、仕事そのものがひどくしんどいわけではないけれども、確かな信念なくして生涯無報酬で続けられるものではなかろう。家族と離れ、娯楽らしいものもなく、外部の者が、今日はお疲れ様でした、一杯飲みに行きませんか、と誘うわけにもいかない。クリスマスの飾り付けをやっている姿がいかにもそれらしい雰囲気だったので、つい「よく似合いますよ」と声をかけたことがある。冷やかしたわけである。尼僧はまっ赤になって、豆電球の位置をどこにするか、ますます迷っているふうであった。わたしがクリスチャンだったら大いに懺悔しなければならないところだ。

彼女たちに義理立てしたわけではなく、それこそ興味本位で、それも今ごろになって、聖書（新約）を読むことになった。といっても四篇の福音書のみだ。キリスト教の趣旨でこれらに盛り込んでないものがあったとしたら、福音書自体が舌足らずということになる、などとまたまた勝手な理屈をつけ、他は読まなかった。順序どおりだとマタイ伝からということになるが、この篇は思想に溢れ、レトリックに満ちている。そういうのにはまるタイプの人にとってはうってつけである。逆に辟易する人もいるだろう。次のマルコ伝はよりドキュメント風に思える。四福音書中もっとも短く、その割には病気治療の話が多い（マタイ伝に少ないということではない。数の上ではむしろもっとも多い）。気短な人はマルコ伝から始めるのも一つの読み方と思うまでのことだ。

当時の民衆はイエスの施す病気治療によってかれを見直したようなところがある。病気といってもさまざま、癲癇、悪霊に憑かれた者（精神障害）の話が目立つ。わたしにとっては中風のケースが関心の的――というより現実の問題である。イエスのことばによっていとも簡単に治るのだ。おおイエスよ、あなたが生きておいでなら、ガリラヤであろうとイェルサレムであろうと、出掛けていってお願いするのだが。イエスは生きている、天国で、といった話になるとややこしくなるので立ち入らない。

中風の話は(1)マタイ伝八章5～13、(2)同九章1～8、(3)マルコ伝二章1～12、(4)ルカ伝五章17～26等に記されている。(1)は百卒長の僕《しもべ》の例だが、頼みにきた百卒長に、イエスが「行け、あなたが信じたとおりになるように」というと、ただちに僕の病気は治ったとある（ルカ伝七章1～10にも「中風」とは記してないが同じ内容の話がある）。(2)は寝かせたまま連れてこられた中風の者に、「子よ、しっかりしなさい。あなたの罪はゆるされたのだ」といい、「起きよ、床を取り上げて家に帰れ」といわれると、その寝たきりの病人は「起きあがり、家に帰っていった」。面倒なリハビリ抜き、奇跡である。(3)のケースも寝たきりの中風患者だ。群衆が押し寄せてきていて近づけないので、屋根に穴をあけてイエスの許《もと》にベッドを吊り降ろす。さいわい簡単な家屋だったのだろう。「子よ、あなたの罪はゆるされた」（中略）「あなたに命じる。床を取り上げて家に帰れ」。完治したのだ。(4)のルカ伝の記事は(3)と同一内容である。いずれの場合も、起きよ、とか、行け、とかの一言で片付いている。モーニングコールなみだ。羨ましい。奇跡には信仰が前提となっている。治ったら信仰しますではない。しかし全体的な印象からすると両者をはっきり分けるのは難しいようである。奇跡を起こす者イエスを目のあたりにし、連続した流れとしてこれらのことが展開している。当時の人々はそれらをじかに見聞きしているのである。そのかれらとわたしたちが同じであることは不可能だ。二千年の時を隔て、砂漠の片隅とアジア東端の小島という距離を挟み、眼の前に見ているような気分においそれとなれるものではない。あのときかの地で生起した齣《こま》送りの速い連続ドラマがこの地で再現されることはまずありえない。

奇跡なるものも現代とは違ったスクリーンで見ることが必要かもしれない。わたしたちは深浅の差はあれ科学的な見方になれている。そして奇跡とは科学的にありえないことだから、逆に、もし科学という項が欠けていたら、奇跡はかなり自在に出没可能であろう。そういう意味で、奇跡地帯というか、かの地に奇跡または奇跡譚が流行っていたなどということはないのか。

一方、時代は繰り返さなくても、個人の心理はいつも古代を抱え、いとも簡単に古代を繰り返す。科学的といっても、それは精神の半分にも達しないだろう。奇跡はありえないと知りながら、奇跡をまつ以外にない病人を前にして、どうして奇跡を願わないでいられようか。そのときになれば千回も願うものである。起きてくれ、坐ってくれ、坐れなくても寝返りくらいうってくれ、せめてわかるようにものをいってくれ。

奇跡を願う気持ちと現実との接点に生身をさらし、それに応えようとすることは常人の及ぶところではない。その決断は人間の限界を超えている。人々がその人を神と呼んだのは不思議でもなんでもない。

かれはもちろんたんなる奇跡師ではない。例によって話がずれるのをお許し頂きたいが、福音書を読んだついでの印象をいえば、かれはひどく死に急いでいるように思える。あんなに思い詰めたら、所詮どんな社会でも長くは生きられない。かれがそれを知らなかったはずはない。だとすればかれの純粋さは短時日のうちに燃え尽きようとする衝動に先導されていたのかもしれない。そんなものを現実の社会で実践されたら、どんな行政官だってとまどうことだろう。

もっと積極的な死、つまり憤死だったこともありうる。かれはユダヤの伝統から最後の審判なる思想を受け継ぐ。審判とは正しい者を救い、そうでない人間にとどめを刺す最大限に大がかりな行事である。そうそう正しい人間はいないから、それをまともに実行されたらホロコーストになってしまう。曖昧さを嫌ったイエスだから、かれはほんとうのところ人間という存在そのものに愛想を尽かし、人間を皆殺しにしたかったのではなかろうか。かれは自分のほうを殺した。かれの選択を愛ということもできようが、ともかく早く立ち去りたかったとも考えられる。どちらにしろかれが人間の罪を贖ったというのはその後の歴史からして絶対にありえない。あるのは世々に尽きせぬ罪の確証だけだ。

死に急ぐといえばソクラテスにもそんなところがあった。ところがかれの場合さほどの悲劇とは映らない。毒人参に対する好奇心が先に来たりする。アスクレピオス様に鶏を、というさいごのせりふも喜劇的な軽みがある。アスクレピオスはわが国でいえば薬師如来だろうか。当時かの地にも科学としての医療と併存して、怪しげな加持祈祷の類があった。しかし際立って人目をひく奇跡譚は伝わっていないようである。件のダイモーンにしても極めて控え目だ。ソクラテスの体も徐々に、普通に、冷たくなっていった。後で迷って出ることもなかった。

それから数百年後のローマ社会に、発達のレベルはともあれ、合理的な医療がなかったはずはなく、いくら辺境の地とはいえ奇跡が頻発する――イエス一人においてさえ――状況は、前にも述べたが一種異様である。

わたしはイエスの奇跡譚を糾弾するためにこういうことをいっているのではない。かれに医術の心得があったようには見えず、だとすればかれは医術を施しているのではないことになる。医療が意味を持たない状況でも神は敗北するわけにはいかない。奇跡は神のみがなしうる勝利宣言である。かれは神でなくてはならず、神は奇跡を敢えて行わなくてはならない。

奇跡ゾーンの内なのか外なのか、ここに一人の中風患者がいて、ときたま讃美歌を歌うのだそうだ。といっても口をアーアーと動かすだけだろう。わたし歩けるのよ、昨日ちょっとだけ歩いたのよ、と家人はいった。まだなんとか言ってることが理解できた頃である。あやうく信じるところだった。

目が覚めると奇跡は消えていく。残念だがほのかに楽しい奇跡である。

# よし子

楽しいことの一つくらいどこにでもある。

*

「あんた新町の〆香《しめか》だろ。何しに来たッ」

「違うでしょ、婆ちゃん。よし子、あなたの孫のヨ、シ、コです」

見舞いに来るたびに芸者にされたのではかなわない。よし子は五月に結婚の予定である。相手は車エビの養殖をしている好青年だ。ひとこと報告をしておこうと思うが、婆ちゃんがこんな具合では困ってしまう。しかし孫娘よりもっとひどいめにあうのが同室に入院している夫の佐平じいさんだ。二人とも老衰の最後の段階から一歩手前にあるのだが、夫の方はまだ頭がしっかりしていてその分女房から虐待されることになる。〆香というのは四十年ほど前、木材商として羽振りのよかった佐平が馴染んだ芸者だ。もちろん今はこの世に存在するかどうかさえ定かでない。

「お婆ちゃん、どうーですか」

院長が声をかけていく。婆ちゃんにもなにかわかるらしく暫く静かになる。自分の家でも店でもなく病院というところ、静かにしなくちゃ。院長の足音が遠ざかる。婆ちゃんは夫の方へ向きをかえ、佐平じいさんはまたかという顔で天井を見る。

院長には気懸りなことが一つあった。芸者あがりの患者が一人同じ階にいるのだ。佐平じいさんより十歳若い。この年齢差が気になる。今を去るしかじかの年、中年の旦那と売れっ子の芸者、取り合わせとしてはありえないことではない。たぶん〆香ではないだろう。そんな偶然はないだろう。尋ねてみればわかることだが、治療上直接必要なこと以外は患者にきかないのが院長の方針である。婆ちゃんの喚き声が届かなければいいが。今年は春が来るのが早かったせいか、二、三日来、婆ちゃんの声がひときわ大きくなった。

三月が過ぎようとしているのに問題は片付かない。

「どうしても一度挨拶しとかなくちゃ」と青年は律儀にいう。

「ぼけてるんだから仕方ないでしょ」

「でもじいちゃんはそうでないんだろ?」

そうだ。だとすればどうやって婆ちゃんの目に触れないようにしてじいちゃんに会うかだ。青年が一人で出掛けるというわけにもいかない。佐平じいさんは何も知らないのだから、直接誰かが紹介してくれないことには話が通じそうにない。よし子の母、つまり老夫婦の娘が出張ったら簡単に済みそうだが、婆ちゃんにはもはや娘と孫の区別もつかない。

「婆ちゃんの入浴時間を見計って行けばいいんじゃない？」

そのとき部屋に残っているじいちゃんに青年を引き合わせようというのである。でもそうはいかなかった。夫婦だからというのでいつも一緒に浴室へ連れていっているというのだ。

部屋からNHK支局の裏手が見える。日当たりがよくないせいだろう、そこの桜が一番遅い。その桜が咲いて散った。

式の当日は容赦なく近づいて来る。よし子はどうしてもその日を一点の曇りもない気持ちで迎えたかった。古風だろうが意地っ張りだろうがいい、「〆香だろッ」で終わりにしてなるものか。このままでは永遠に〆香ではないか。

決断してからは速かった。婚約者を呼び出し、家来のように引き連れて病院に乗り込んで来るやいい放ったものだ。

「婆ちゃんは黙っといてッ。じいちゃん、よし子は来週結婚することになったから。花婿さんはこの人、信二くん。養殖やってんの」

じいちゃんは涙ぐみ、婆ちゃんは圧倒されて口も利けなかった。

結婚式は無事に終わった。佐平じいさんはあい変わらず天井を見ている。婆ちゃんの〆香幻影はそのあと人を選ばず適宜出現する。夏に入り、よし子が訪ねて来ることも間遠になった。

# いちじくの木

祖父の五十回忌があった。数十名の出席者のうち実際に祖父と一緒に暮らしたことのある者はわたしだけなのだが、慶じいさん（祖父の名）とはどんな御関係で？と逆にたずねられる。変だな、どうしたんだろうと考えているうちに、親戚なるものが入れ替わってしまっているのに気付いた。こどもの頃じかに知っていた者たちはおおかた死に、その子や孫の婚族を軸にした新しい親戚が出来上がっていたのである。五十年たつと親戚まで変わる。そんなものなのだ。もしかしたらわたしはニセモノが紛れ込んでいるように思われたのではなかろうか。さいわい覚えていてくれる人が何人かはいたのでほんものの浦島太郎にはならずにすんだ。

祖父の家にいちじくの大木が一本あった。この樹種はもともと低い灌木のまま終わるものである。寿命も短い。つまりいちじくの大木なるものは存在しない。通常はそうである。しかし断固その木はあった。樹形も堂々としたもので、裏庭に植えられていたのだけども、母屋の屋根越しに表の通りからそれとわかる高さに伸び、枝は下で陣取り合戦をして遊べるほど大きく広がっていた。お盆近くになる頃には毎日竹籠いっぱいの収穫があった。

まもなくいちじくの木に登ったまま微動もせずにじっとしていなくてはならないことが起こるようになった。警報より先にやってくる銀色の飛行物体が、人家の密集している箇所めがけて気ままに爆弾を落としていった。こどもたちは朝に夕に軍歌を歌ったがそんなものなんにもなりやしない。戦闘機乗りだった叔母の夫は空中戦であえなく戦死した。そうこうするうちに祖父がガンを患った。いまとちがって百パーセント助からない。末期の惨苦は見るに忍びなかった。モルヒネ類の痛み止めが全部戦地へ持って行かれ、内地には皆無だった。当時祖父の長男である伯父が医者をしていて数日おきに容体を診に来ていたが、それこそ来るだけである。こどもながらなんのための医者だと思った。伯父自身はなおのことであったろう。祖父に一週間先立って、叔母が腹膜炎のため別室で息を引き取った。やはり薬がなかった。苦しみ抜いた。まだ生きていたのか、と祖父は娘の死を憐れんだそうだ。ひと口に戦争といってもいろんな形でむごい事態を生み出していた。伯父の処置は二人に末期の水を含ませただけである。

祖父の死後一か月と間をおかず、いちじくの木が枯れた。祖父の五十回忌はこの木の五十回忌でもある。祖父は当時としてはいろんな生《な》り物の木を植えていたから、いちじくはその中の一本にすぎなかったかもしれない。それにしてもなぜあんな大木に育ったのだろう。後年従姉妹の一人がわたしの旧制中学の同級生と一緒になった。隣村出身である。夫婦して訪ねて来てくれた折、懐旧談の中に「慶じいさんの家のいちじくの木」があった。隣村まで知られていたわけだ。わたしの錯覚でないことが証明されてうれしかった。

戦争末期わたしたち一家は父の田舎に疎開した。そしてはるか北の方角に、ある日奇妙な閃光を見ることになる。長崎市への原爆投下であった。

あれやこれやで八月は死を想うことが多い。八月はふるくからレジャーの季節でもある。死とレジャーとの結び付きは万国共通のものだ。充分に理由のあることだろう。が、痛切すぎる体験がそういう結び付きを不可能にしている人々も少なくない。

そしていちじくの季節である。わたしにとっては年々歳々果相似たりだ。この少々奇妙な、そのため無花果とも表記される果物は最古の栽培種の一つと聞く。それゆえ野生と栽培の区別が難しいが、どうやら原産地はイランあたりらしい。そのイラン語が中国語に音訳されて映日果、それがわが国のイチジクだと岡本省吾氏の樹木図鑑にある。訛りに訛っているけれども正統を受け継ぐ呼称なのである。樹種そのものは江戸初期ポルトガル人が伝えたという。鉄砲やキリスト教とかかわりがあるのか調べたことはない。単に異国人たちの郷愁がそうさせたということもありうる。

先年天草西海岸をまわった際、民家の垣根ぞいにしばしばいちじくが植えられて——というより生き残って――いるのを見た。わたしは根拠もなく、かつてバテレンたちが、と思ったものだ。車をとめ、一つわけてもらって食べた。家内がわたしにもというので正確には半分ずつ食べた。

# 野戦病院

「岡本公三がレバノンで捕まったらしいよ」

「岡本君が？　かわいそうに」

　家内がそう思うにはわけがあった。かれは教え子なのである。家内の話によると中学生の岡本は坊主頭のきまじめな少年だった。母親が教育ママだったせいか、いくぶんおとなしいほうだったけれども、陰気という感じではなかった。母親は品のいい人だった。岡本がテルアビブでテロをやった際、両親は何か月も雨戸を閉めて人前に姿をみせなかったという。母親とは顔見知りだった。その親子を家内は思い浮かべていたのである。

「あの子、クラスの連中と一緒にうちへ遊びに来たことがあるのよ。覚えていない？」

そういえば日曜ごと大挙してこどもたちがやってきていた。岡本もその一人だったのだろう。家内はかれらにとっておもしろい先生だったようだ。

それから何年たってからだろう、イスラエルの空港であの惨劇が起きたのは。あとさきはさだかでないが、ほぼ同じ時期、わたしにとってはもっと身近に忘れ難い出来事があった。暑くも寒くもないある休日、わたしはぼんやり庭を眺めていた。そのうち眠気がさしてきたので枕を取りに立ち上った、ちょうどそのとき、玄関の呼び鈴が鳴った。

二人連れだった。男の二人連れはだいたいにおいてよくないことが多い。一人が早口に何かいった。聞き返すとこんどは低くゆっくりとセクトの名をいい、あたりを見回した。こんなところを見られたらまずいという素振りだった。わたしもその気配《けはい》に巻き込まれ、二人を招き入れて玄関をしめた。

お茶は出さなかった。家の者を呼ばないほうがいいように思った。はたせるかなかれらが持ち出した用件は世にも奇妙なものだった。

「お宅を野戦病院として使わせていただけませんか」

「?」

わたしはぽかんとして二人を見た。こちらは過激派の分類などてんからだめ、酒の銘柄ほどあるセクトの中からその一つを聞かされてもまったく要領を得ない。それにしてもこの二人、正気なのだろうか。

かれらの説明ではこうだった。近日中、自衛隊に突入する。怪我人が出ることが予想されるので、手当てをする場所の確保が必要だ。お宅を貸していただけないだろうか。

わたしは珍しく緊張した。ともかく二人に帰ってもらわなくてはならない。たしかに角材を振り回してどこそこに突入するというのが流行《はや》ってはいる。しかし自衛隊を相手にいったい何を考えているのか。軍隊の恐ろしさを知らないというだけではないか。

そんなことよりなぜわたしの家が選ばれたのか気味わるい。かれらは場所が自衛隊の近くだからという以外話してくれなかった。だが近くという点では百軒も二百軒もほかにある。

断わったらこの連中暴れだすかもしれない。打ち明けた以上このまま帰るわけにはいきません、とならないか。報復ということもありうる。どう転んでも凶である。それならそれでよい。どうせ断わる以外にない。わたしはなけなしの気力を腹部に集め、ゆっくり目を上げた。空気を吸い込んで体を膨らませる蛙の寓話を一瞬思い出したが、そんなことはこの際どうでもよい。

「お引き受けできません」

予想に反して二人は執拗でなかった。たがいに顔を見合わせ、確認するように軽くうなずき合うと、わかりましたといってそのまま帰っていった。

わたしは送り出したあと、あらためて全身にひんやりしたものを感じた。どうしても気になる。なぜ自分のところなのか。しいて思い当たることといえば二つしかなかった。

その一つは自衛隊の訓練に関連して隊に申し入れをしたことがあること。わたしの家から百メートルほどの畑地を隔てて簡単な鉄条網の仕切りがあり、その先が隊の広場になっている。そこで刺突の訓練を繰り返すのである。以前もたまにやっていたようだが、近頃はほとんど連日、しかも鋭い掛け声を発するのでつい目がいってしまう。日清日露戦役以来の白兵戦の型だから、見ていて楽しいものではない。なんだか示威行為のようにも受け取れる。それに加えてヘリコプターだ。民家の上をすれすれに一日数時間も飛ぶ。これは今までになかったことだ。軍用ヘリコプターは図体も音も生半可でない。前戦争末期米機の機銃掃射を受けた記憶と重なり、わたしは耐えられなかった。ほかの住民もおおかた似たようなものだったろう。わたしは師団長宛に長い手紙をかいた。礼儀正しく理を尽くしてかいたつもりだ。

数日後使いが来た。

「師団本部から師団長の命により参りました」

じかに挙手の礼をされるのは初めてだ。名刺には三佐とあった。今後近所の皆さんには迷惑をかけないよう充分に配慮しますのでよろしくとのことです。師団長自身の意向です――そういう意味のことをいって帰っていった。

嘘ではなかった。例の訓練はどこか奥のほうでやるようになったらしく、ヘリコプターが間近くを飛ぶようなこともなくなった。昔の軍隊とは違う、昔だったら憲兵に連行され、拷問を受けて下手すると殺されたかもしれない。変わったなとわたしは思った。

しかしこの件をわたしが吹聴して回ったことはない。師団側から洩れたとも考え難い。だいいち世間に知れたところでなんということもない話だ。過激派がまちがってわたしを味方と考えるような部分はなかった。

もひとつはわたしが安保の研究会を開いていたこと。これだって議論をするだけのものだった。当時ひどく過敏になっていた公安のリストぐらいには挙がっていたかもしれないが、過激派が喜ぶようなものではなかったし、接点はもちろん皆無だった。

ひと月、一年と過ぎたが、自衛隊への突入はなかった。「野戦病院」の設営場所が見付からなかったのだろうと、わたしは次第に皮肉な感想を持つようになった。かれらもそれで済んでほっとしているのではないか。わたしはばかばかしく思えてきた。そして忘れた。

「岡本君から年賀状が来たことがあるのよ」

わたしはもいちど驚かなくてはならなかった。

「中学生のときよ。母親がかかせたのよ、きっと」

「それ、どうした？　久米宏のニュースステーションに送ってやったら喜ぶんじゃないか」

「捨てたわよ。岡本君がこんなに有名になるなんてだれが考えるものですか」

しばらく間をおいてわたしはきいてみた。

「野戦病院のこと覚えているかい？」

「なんの話？　野戦病院がどうかしたの？　変なことといって」

わたしは笑いがこみ上げてきた。家族の記憶に残らなかったとは上々の出来だ。

※このたび数行削除、人物（名）を元に戻した。事実を書いただけのものだが、掲載紙では短篇「小説」になっている。

# 韓非&マキャベリ

## I　焚書坑儒

秦の始皇帝は二千年経っても人騒がせな男である。先年は膨大な数の兵馬俑で世界を驚かせた。かほどのタイムカプセルをたくらんだ人物が他にいるだろうか。今回はかれが直接にどうこうしたというものではないが、つい先日（二〇〇二・七・十六）の新聞報道によると、湖南省の里耶盆地という処で秦代の竹簡二万枚余りが発掘されたそうだ。小見出しには「焚書坑儒社会を知る発見」とあった。いまのところ記事の中に儒者たちの書物は見当たらない。やはり焼かれてしまったのだろうか。竹簡の整理は今からだろうからそれはさておき、秦となるといつもいつも焚書坑儒である。秦型ファシズムのシンボルだから仕方がないが、も少し違ったアプローチもあっていいと思う。

政治は実践である。いい結果をより確かなものにするためまえもって検討し議論をするのは当然だ。それはいいのだが今も昔もプロフェッショナルな論者論客がわんさといる。委員会やら諮問会議やら、政府機関に内包される形で物言う者もおれば、「在野」の評論家もいる。民主主義ともなればなおのことやたらいる。それもいい。だがかれらがかつて自分の発言に責任を取ったことがあるだろうか。現実を対象とする学や論が現実に対して免責されているというのもおかしなものだ。結果的に論を誤った者は穴埋めにしないまでも、責任は取らせるべきである。こそ泥などの犯罪者などとは比べものにならない害を社会に与えるのだから、懲役刑では軽すぎるくらいだ。なぜそれができないのか。

もとはといえばこれも政治の無責任がそうさせてきたからだ。すぐれた見識を借りてきて役立てようとすること自体はいかにもまともで立派そうに見えるが、そこには政治（家）固有の責任領域の、その責任の放棄という面がないだろうか。経済や外交や戦略がわからない者はもともと政治のプロとなるべきではない。始皇帝の暴挙とされる焚書坑儒も、政治の責任を厳しく自らに問い、いいかげんな学（者）を政治から切り離す決断のデモンストレーションと考えれば、他山の石くらいにはなるだろう。いやそれどころではないかもしれない。

始皇帝は政治の手法も理念も韓非から受け継いでいる。だから始皇帝を知るには『韓非子』を読むのがいちばんだ。右に述べたことと関連するところでは五蠹《と》、顕学の二篇がある。これらを中心に、儒家墨家に対する猛烈な批判が展開されている。かれらは馬鹿で詐欺師（愚誣の学）とまで断じている。『史記』老子韓非子列伝第三に、秦王（のちの始皇帝）が「その（韓非の）孤憤・五蠹の諸篇を見ていうには、ああわたしはこの作者に会って交際ができたら死んでも本望だ」とあるのを信じれば、自身五蠹篇を読んでいたと考えていい。なお『韓非子』五十五篇すべてが韓非の筆になるものではないようだが、この篇および顕学篇はともに自著と見られている。

も少し読んでみよう。

『韓非子』は戦国末期の極めて厳しい国際情勢から生まれたものである。そういう状況の中で対外的に勝ちを制する――せめて侵略を受けない――ためには、君主はまず対内的に確固たる地位を築き上げていなくてはならない。諸国興亡の現実がまさしくそうであったからだ。

それにはなにより直属する臣下の統率が優先する。ところがこの統率術が韓非の場合いかにも独特であり、またラディカルである。かれはいう、「人君としての災害は、人を信用することから生じる」（人主之患在於信人＝備内篇）と。この主を括弧に入れたら、人の患《うれ》いは人を信ずるに在りということになる。続けて、子も妻も信じてはならない、「その余は信ずべき者無し」と。

酷薄な人間観である。論拠はというと、たとえばその子が太子となっている母親は自分の美貌が衰えないうちに――三十歳が限度だそうだ――わが子を世継ぎにしておかないと自身が疎んぜられ、ひいては太子の将来も危うい。そうなる前に君主の命を狙うことになる……といった調子だ。『韓非子』に信頼という甘い言葉はない。だがここで語られている人間不信はけっしてひねくれ根性を意味するものではない。人間を権力構造の中に置いてみた場合、このような捉え方こそは正確な人間理解であって、政治にかかわる者にとってはむしろ必須の心得であり能力であるとさえいっていい。信じることもないではなかろうが、それも不信という部分を眠らせないで（機能させながら）信じるのであり、効率上の選択にすぎない。

対官僚統制に関し二柄篇で縷説されていることもこういう観点に立っている。柄とは人を統御するハンドルであり、それが二つとは刑と徳を指し、「殺戮をこれ刑といい、慶賞をこれ徳という」。要するに賞罰である。罰がいきなり死刑とはすさまじいが、それは時代というものだ。

二柄篇だけでなく、多くの篇で韓非は君主が賞罰の権限をけっして臣下に渡してならない旨力説している。かれの論ではこの刑と徳（賞罰）二つの権限は対官僚だけでなく国民全体に及ぶものであって、それをそのまま現代に適用されてはかなわないが、統治機構の軸の部分については今なお充分参考になり得る。どのような国家体制においても、この部分が正確に作動していなくてはやっていけない。そのためにはまた常時冷徹な論理が貫かれていなくてはならないだろう。『韓非子』に極論が多いからといって、もしファシズムしか読み取らないとすれば、ひどく損な読み方をしていることにならないだろうか。

組織の中で賞罰は具体的には人事という形をとる。某省の長がそのために懸命の努力をしたことはまだ記憶に新しい。そのやり方を恐怖政治のように言う人たちがいたが、悪のユートピアと化したかのような行政領域でその長がお人好しであったり臆病者であったりしたら、腐敗官僚の養殖をやっているようなものだ。そういう状況こそ国民にとって恐怖である。

政治はしばしば耳触りのいい理念でもって語られる。破廉恥な甘言で語られることさえある。しかしかりにまっとうな理念であったとしても、多分に技術、しかもひどく人間臭い技術に支えられることによってはじめてリアリティを持つものである。『韓非子』は政治の領域において、そのいわば人間学的技術の追求に徹した書だ。学ぶことは多い。

## II 武器なき予言者

ひと息入れるため、世間話から始めよう。

今は昔——ということになるだろう——三十年あるいはも少し前あたりが最盛期ではなかったか。駅、街頭、大学、その他いたるところトロツキスト罵倒の貼り紙で埋め尽くされていた。一種の奇観、珍現象に違いなかった。そのことについていまだれも語りたがらないのは、この時代の記憶が時間も消し去れないほど苦く耐え難いからだ。

最初トロツキストの意味がわからなかった。いったい元祖トロツキーとは何者か。今で折も折、ドイッチャー（？）の『武器なき予言者トロツキー』という部厚い評伝が出た。は著者の名前さえはっきりとは憶えていないくらいだから——本の表題も『武装せざる……』だったかもしれない——熱心な読者でなかったことは確かだが、その趣旨はトロツキーがすぐれた革命家であったこと、しかし充分な武装を欠いていたため、内部の権力闘争に敗れたこと、などを証明しようというものだったように思う。どこかでマキャベリの「武装しない予言者」（後述）に触れていたと思うが、いま確かめようがない。読後、どうなんだとこの本のことを知人の共産党員に尋ねたら、かれは大いに色をなして数日後「赤旗」を一抱え持ってきたものだ。どの紙面もトロツキスト非難に満ちていた。

ところが共産党と対立するいわゆる新左翼の各セクトも、共産党に向かって、またおたがいに、おまえらはトロツキストだと攻撃し合っていたのだから、要するにトロツキストとは単に相手を罵るための形容語に近く、トロツキーその人も、かれとの関連も、最後までよくわからなかった。しかしこれもそれも今は昔、一世を風靡した喧嘩口論の専用語がいまでは完全に死語だ。

頭の隅に「武器なき予言者」という一語だけが残った。

下手な落語のように枕が長くなった。エッセイと銘打った気楽さで、とかく無駄話が多い。

さてマキャベリ（ニッコロ・マキアヴェッリ）においても、これと似た面と、そうでない面とがある。かれの場合もマキャベリズムとかマキャベリストとかの派生語がはやばやと本人から独立し、一般化してしまった。シェイクスピアの時代すでにそれらは人を悪罵する言葉として定着しており、マキャベリという固有名詞も悪役の代名詞になっていたようだ。『ヘンリー六世』など、探せばその用例が見付かるはずである。

しかしマキャベリの場合違う点は、かれがそれらの派生語や比喩に蔽われた地中の屍ではなかったということだ。かれは冷たい覆土をはねのけて幾度も蘇る。しょっちゅう生き返るのであれば、事実上生きているのと変わりない。そういうわけでマキャベリは現代においても有名人であり、その代表作『君主論』が図書館の書架ではなく読書子の机上に置かれることもまたありふれたことだ。

マキャベリ『君主論』第六にいう。「すべて武装した予言者が勝ち、武装しない予言者が敗ける」と。かれが旧約や古代史の人物事跡を援用するのは話のもっていきようであって、かれの時代の現実に生起する政治状況がかれにとってすべてであることはいうまでもない。

かれは「現代において僧ジロラモ・サヴォナロラの事件」を挙げる。サヴォナロラはマキャベリより十七歳年長の同時代人である。また活躍の場がフィレンツェであったから（マキャベリもフィレンツェの人）この事件はひとしお感慨深かったであろう。ドミニコ派の僧であったサヴォナロラは教会を厳しく批判し、政治の世界でも一時的な成功を収め制度の改革を実施したりしたものの、教皇アレクサンデル六世らとの折り合いが悪く、焚刑に処せられる。敗れたわけである。
マキャベリはいう、サヴォナロラは自分を「信頼している者をしっかり把握していく方法を持たず、不信の徒をして信じさせる手段をも持たなかった」と。待ち構える困難や危険に対して、きちんとした手だて、〈実力〉を備えていなかったために敗れたのである。武装は具体的状況によって武器や軍隊であることもあろうし、あらゆる詭計に満ちた権謀術数であったりもするだろう。〈実力〉の意味するところは『君主論』の文脈ではしばしば血腥いが、それを意に介さないところが特徴である。

当時のイタリアには切羽詰まった事情があった。分立抗争する小都市国家群がことあるごとにフランスとかスペインとかの外国と結託し、勢力の伸長を図っていたのである。外国からすればイタリアは草刈り場だ。そういう状況の中で、マキャベリの究極目的はイタリアの統一にあった。「野蛮人の支配」からイタリアを救い出し、その「悪臭」から解放しなくてはならない。『君主論』の最後の篇（第二十六）は憂国の文章をもって綴られている。それも勘案して『君主論』は読まれなくてはならない。権力者にもっぱら悪を勧める書という読み方をされたのではマキャベリも心外だろう。

もちろんこの篇をことさら強調するのは『君主論』の価値をかえって損じることになる。著作者の意図と書かれたものの価値は独立したものだ。毒を抜いてしまっては『君主論』ではなくなる。「君主は自己の地位を保つためには、不善を行う道を知り、しかも必要に応じて、善を用いたり用いなかったりできる道を学ぶことが必要である」（第十五）など、もしかしたらあらゆる時代に適用できる政治の要諦かもしれない。もっとも、「最悪なものは庶民に見放されること」（第九）だから、「断乎たる決心と行動とによって全民衆の心を握って」（同）事に当たるよう説いているところからすると、軽率な権力行使や安易な反倫理をいっているのでないことは明瞭である。場合によっては悪徳の汚名をこうむってもためらってはならないといったりするのも、悪の勧めというような薄っぺらなものではなく、むしろ政治の実態を直視した潔さがそこにはある。そのために特別の眼力を必要とするわけではない。ただしあるがままに見ることほど難しいものはないという意味ではその観察力は特筆すべきであろう。そしてあのふっきれた記述のモードこそ政談を「科学」にするものでもあった。かれをガリレオに比する論があったように記憶するが――いま論者を思い出せない――それはけっして突拍子もないものではない。もともと実務家であったかれの意図とは無関係に、こうしてかれもその著作も政治思想史上重要な位置を占めることにもなった。とりあえずシェイクスピアが用いたような意味でマキャベリの名を云々することはやめたがよさそうだ。

## III 「モラル」

政治はモラルコンクールでもなければモラルコンテストでもない。人柄選手権を競うことではない。ところがわたしたちの生活感情はしばしば抑制を欠き、結果として大きな損失を招くことがある。

古代アテナイ（アルゴスでも）にオストラキスモスと称される制度があったことはご存じであろう。オストラコン（陶片）に、人気がありすぎる、金や勢力がありすぎると思う人物の名を記して投票し、一定の数（六千）を越えた者を追放の対象とする仕組みだ（実例に関してはcf.アリストテレス『アテナイ人の国制』第二十二章）。この制度は民主制をとっている国において、富や声望や権力が偏ることを防止するというまっとうな理由があった。しかし実情はというと「党派争いのために使用された」（『政治学』第三巻第十三章）。「抜きん出た者を刈り込んで追放すること」（同）という表現がおもしろい。

アテナイに限らず、優秀な者を刈り込んで追放する心理や仕掛けはどこにでもある。現代においておおっぴらに制度とすることは憚られるので、近年流行ってきたのが「モラル」を云々する手法である。

M氏が首相当時の話だ。かれが格段にすぐれた政治的見識の持ち主であることは誰もが認めていた。ところがある事件に関することで、いわば責任をなすりつけられて、首相の座を追われた。わたしたちはその上に「道義的」を冠《かぶ》せ、かれを引きずりおろしたのである。あのとき首相として存分に能力を発揮させていたら、その後のとてつもない不景気もいくらか様子が違っていたかもしれないとだれもが思ったことだ。かれの「道義的」責任とおそらくは膨大な社会的損失とを取りかえたのである。わたしたちの悔いのなんと愚かなことか。

最近の例ではT元外相がいる。まえにも少し触れた。彼女にかかわる疑惑と称されるものと彼女を追放することとでは著しくバランスを欠いている。これまた大きな損失ということにならなければいいがと思う。

彼女にしても——先の元首相はすでに御高齢だ——も少しマキャベリストであって欲しい。『韓非子』は意表を突く小話など多くあっておもしろい読み物だが、なにしろ長い。忙しい人には負担かもしれない。それに比べて『君主論』は手頃である。どうして学ばないで済まされようか。

『君主論』でいうところの〈実力〉や〈武装〉が現時点でいかなるものか、筆者にはわからない。それを見出すこと自体が政治的能力の重要な一つであろう。時代の状況に合ったなにかがあるはずだ。モラルにしても武器の一つだったりするだろう。そんなときはマキャベリが忠告するように、ためらうことなくモラルを装えばいい。ふてぶてしさや擬装がうまく機能しそうだったらそうすればいいし、そうでなければ謙虚さを選べばいい。

わたしたちにしてもこと政治に関しては誠実であったり腹黒かったりするのが当然ではなかろうか。被支配者の硬直を捨て、『韓非子』や『君主論』の君主の立場から政治を見、考える時代のように思う。

# 酒誥

## ——酒のいましめ

一度だけ酒の話をさせていただく。

珍説がある。「ぶどう酒に酔った人々は俯向きに前方へ倒れる」が、ビールの場合は「頭をのけ反らせて仰向けに倒れる」のだそうだ（アリストテレス『饗宴』または『酩酊について』断片）。ただしも一つの断片にはビール以外の「他の酒精類を飲んで酩酊した人々は、あらゆる方向へ」倒れるというくだりもあるから、そこを差し引くと、ともかくビールで酩酊したら仰向けに倒れることになる。説の真偽を確かめる機会は毎日あるのだが、酩酊してしまえばそんなことは最初に忘れてしまうから、珍説でない可能性もまだ否定できないでいる。なお酩酊《メテー》はギリシア語でふりがなのとおりだ。なんだか叱られている感じがする人は酒で懲りたことのある証拠。

当時の諺、しらふの時に心の中にあることが酔っ払った時には舌の上にある、を引いてかれはたわけたお喋りこそ酩酊の最たるものとしている。世の中には酩酊から醒めてもお喋りを続けるたわけ者がいる。以下その例——

一年に一度酒を飲まないことにしている。アル中であるかないかを自分で検べるためだ。日数は一日か二日、三日以上に及ぶことはない。あとで安心して飲むためのものだから、長期の禁酒は意味がない。目下手の顫えもいらいらすることも、幻覚等はもちろんのことない。しいていえば今日は二日目だぞと朝からずっと考えているところがいくらか依存症めいていなくもない。この程度のところで平均寿命まで辿り着けたらと思う。酔生夢死でも酔生酔死でもいい。ほかの死に方にろくなものはない。

ある年齢を越えると酒量が激減する。そうなるとうまい酒を探すようになる。これまでひとにすすめられてうまかった例はあまりない。たいていの者はうまい酒に巡り合ったことがない証拠である。毎日飲んでいながら生涯酒の味がわからないひともいる。むしろそのほうが多い。酒店は安心して商売ができる。

いい酒は偶然みつかるもののようだ。木曽谷にそれがあった。一級酒、二級酒といっていた頃の二級酒、それが実にうまい。車のトランクいっぱい買って帰り、こころゆくまで飲んだ。

それから十年たった。家を離れることができなくなり、弟にその話をしたら、わざわざ出掛けていって醸造元から送ってくれた。このときばかりは杯を持つ手が少し顫えた。

と、これはなんだ、どうしたんだ、そこらあたりの酒と同じではないか。わるい酒ではない。しかしありきたりの酒だ。山深い里の秘酒といった趣がまったくない。ああ弟よ、申し訳ないことをした。あんな話をしなければよかった。十年ひと昔、酒の味も変わろうというものだ。杜氏が入れ替わったのだろうか。いやそうではなかろう。ただただはやりの大吟醸とか何とか仕込みとかに合わせて造っているからに違いない。大ばかものめ！

そういうわけでこの酒の銘柄も詳しい場所も、申し上げたところで意味のないものになった。あの雅びた宿場町、一幅の絵のような長い簾を、いや実際にそれぞれ異なる図柄の美しい絵そのものである簾を、街道の両脇にたち並ぶすべての家々にかかげ、その絵の中に自分たちの祝祭をすっぽり包み込んでいたあの山あいの不思議な町を、このあとひとに語ることはもうないだろう。酒がだめな町はだめである。あのとき幻の中に迷い込んだかと思ったその町は結局幻であったということだ。造り酒屋が酒の味を忘れてどうするというのだ。

飛驒にもうまい酒があった。この酒もだめになった。古い知人と、うまいな、うまい、といって飲んだ酒だ。先日何年ぶりかで会ったが、その酒の話は出ずじまいだった。あの酒まずくなったな、という話は侘しいものだ。なんだかおたがい急に老い込んだ気持ちになる。

酒の銘にはしゃれたものがあり、それも楽しみの一つだ。八ヶ岳東山麓、駅名はたしか甲斐小泉という所に谷桜という地酒があり、次女が旅行の途中目にしたといって送ってくれた。いい銘だね。でしょう、味はどう？　名前がよすぎるんで、味がよくないということではないさ。

日本海沿いの酒は評判にたがわず、いい。ただし値段がしばしば非現実的である。そっぽを向かれないうちに考え直したがいいだろう。新潟から北上を始めて、一昨年から山形の酒を飲んでいる。北ほどいいというわけではないが、数年のうちに北海道まで辿り着くはずである。

一週間前、左眼に出血があった。飲み過ぎたようだ。

酒を飲まなければ酒の害も起きようがない。さあそれでは酒を飲まないようにしようという壮大な民族的禁酒を実現したのがイスラム世界だろうか。下戸社会というそれまでの人類史の意表を突く構想がよくも受け容れられたものである。

単純に水の問題だったかもしれない。酔い醒めの水がなかったら、その苦しさはたとえようがなかろう。とすれば砂漠の民には最初から酒を飲まないよう決めておくのが一番だ。もちろん水甕を用意しておけば問題はない。だからわたしがいっているのはこじつけだ。

あり余るブドウをかれらは干しブドウにする。ブドウ酒ももともとは保存のためだろうから、所変われば品変わるだ。干しブドウの山を見てもったいないなと思っても言ってはならない。

近年イスラム教と関連して世界のあちこちで紛争が多発している。これらは水のあるなしとは関係がない。もはや砂漠の宗教ではなくなりつつあるということだ。試みに少し酒を飲んでみたら、ゆったりした気分になって鎮静化しないだろうか。それとも事態はさらに悪化し、大発狂に到ってしまうだろうか。

軽口をたたいて申し訳ないが、問題はこのようなジョークのひとことをも許さない精神構造のデスポティズムである。イスラム教は必ずしもそうでないとも聞く。そう願いたい。

一般に宗教にはえてして壮大なトリックが秘められており、酒よりもそれに酔ってしまいがちである。でも二日の禁酒が三百六十五日ということにはならないだろう。かりにも世の中がそうなるまで、生きてはおるまいということだ。砂漠のような国は砂漠よりわるかろう。

酒の害は個人的なものから社会的なものまであり、後者は当然政治の対象となる。両者の間に関連があれば二つながら規制を受けることになる。近い例ではソ連でアルコール中毒の労働者が続出し、生産性が低下したため、ウォトカもほどほどにと首相が呼びかけたことがある。ロシアに戻ってから何年になるか、アル中の話をあまり耳にしなくなったのは慶賀の至りだ。

「酒をつねにすることなかれ。……飲むはただ祀るときのみにして、徳をたすけて酔ふことなくんば、これ我が民を化するに迪《みち》ありと曰《い》はん」(『尚書』酒誥より、以下同じ)。

尚書は読みづらい。先考の書棚を整理した際、数冊だけ残した。尚書はそのうちの一冊である。中に酒誥《しゅこう》(酒の戒め)一篇があったからだ。実はこの篇しか読んだことがない。もともと酒誥篇の存在を知ったのも、顧炎武の日知録をめくっていて、たまたま「酒誥」と題する小文を目にしたことによる。これは五十字余のごく短い章である。そのあと尚書をひもといたのであって、最初から尚書に挑むといった大それた読み方をしたのではない。尚書は一語一句、驚くばかりに専門家の議論が多い。門外漢の無責任と気楽さでそれらを飛ばして読むわけである。なぜ酒誥かというと、だらしない酒飲みの常として、酒は飲むなという文章にはひどく敏感なのだ。

さて日常的な飲酒を禁じているのは、なにより原料となる農産物を大切に考え(「これ土物を愛《お》しみ」)てのことである。農業の生産性が低かった時代、酒と食糧はいわば対立関係にあり、かりに君主が酒宴ばかり開いていたら、その分人民に飢えを強いることになる。祭りの際は君民とも飲んでいい。祭祀は天や祖先を祀ったり統治者を讃えたり、つまりは共同体維持のイデオロギーを形にしたものだ。その枠を踏み外さないように心がけ、酔うまで飲んではいけない。なんだか厳粛な酒盛りになってきた。

篇中――この篇に限らないが――とっておきの悪役が殷の後嗣王(紂)である。亡国の君主が悪口を言われるのは世のならいだが、紂の場合は格別だ。時代は下がるが、史記殷紀の以酒為池(酒池)などほんとかなと思ってしまう。しかし話の虚実よりも、ある時期自分が極々ミニサイズの紂であった記憶――実に苦い記憶だ――のある人はつい身につまされてしまうのではなかろうか。それに紂の話が周になってからの意図的誇張であるとするなら、その分割引いて読まなくてはならないことになり、だとすればなおのこと紂の悪役ぶりも他人事とは思えなくなってくる。

酒誥で目立つのは刑罰の苛酷さとグループで飲むこと(羣飲《ぐんいん》)をひどく警戒している点である。

一緒に飲もうと言い出した奴は死刑に処する（「われまさに殺さんとす」）とまでいっている。酒誥は周が殷の旧地を平定し、あらたな国造りをするに際しての訓告の一つであるというから、行政官、占領軍、そして殷の遺民、いずれに対してもそれなりの厳しい規律を求めたのであろう。しかし一般にはそういう歴史的背景は除外し、もっぱら酒に溺れることがいかによろしくないかという点を中心にして読まれてきたようだし、わたしたちも同様そういう読み方をしていいのではなかろうか。顧炎武の読み方もそのようである。「紂は酒に酗《く》するを以て亡び」とかれはいう。酗とは酒に酔（狂）って凶を行う意だそうで、酒害のまがまがしさをよく表わしている（酗という文字そのものは微子篇「酒に沈酗し」、無逸篇「酒に酗《よ》へる」などと見える。主語はいずれも紂）。尚書酒誥篇本文では酒に「腆《ひた》（湎）る」「荒腆する」（＝酒びたりになる）ことを幾度となく戒めている。『詩』大雅蕩之什・蕩篇「天なんじを酒に湎《おぼ》れさせ不義もて従式せしめず」などの「湎」も同一の用例である。

殷周の頃に比すれば酒の代価が相対的には問題にならないくらい下落した現在、サラリーマンの資力を以てしても、飲もうと思えば際限なく飲めるようになってしまった。その点酒にかかわる情況は不幸にも紂の場合と大差ない。とすると酒誥はこの点からしても皮肉なことに当時よりもっと一般性を持つに到ったといえなくもなかろう。

父はいい酒だった。酔うとすぐ床に就き、夜中に起きて本を読んでいた。読み流すということはなかったようで、たとえば春秋左伝（上海かどこかの版）全巻に朱で訓点を施していた。研究というほどのものではなく、そういう読み方を好んだのだろう。尚書にしても息子に読ませようと思ったかどうか。そんなことはなかったろう。息子のことは諦めていたから。

そんな父であったけれども、（尚書の話から逸れるが）和本の棚に万葉集と並べて抱朴子がポツンと一冊置いてあり、紙縒《こより》が挾んである箇所からすると、『沈痾自哀文』（憶良）の参照に用いてそのままになっていたものらしかったが、ふと気が付くとその抱朴子外篇『酒誡』にも紙縒が挾んである。しかしこの篇に憶良の文と直接照応する箇所は見当たらないようだ。とすれば酒の戒めを説くこのような文章に父も敏感だったということだろう。悔いと自戒を繰り返しながら飲んでいた時期が父にもあったのではないかと思うと、おかしかった。

本にも読み時というものがあり、間に合わなくなってから読んでも仕方がないのである。不肖の子とはよくいったもので、父と違い、宿痾のようなわが飲酒癖を恥じることだ。が、この悔いも本気というより言い訳だろう。

山を眺めながら飲む酒はいい。先年アイガーを見はるかす村で飲んだ折のこと、向こうのテーブルで土地の農民とおぼしい連中が陽気にやっている。わたしもいい気分ではるか極東のふるいはやり歌をうたった。かれらの喜ぶまいことか。いつのまにか家々の灯が星空を真近く移したようにまたたいていた。

# あとがき

「本を手に片隅で」とは中世の修道僧トマス・ア・ケンピスのことばだそうだ。かれは神への祈りの中でそうしたのだろうが、当方は道楽でという違いがある。神なき空しい知もまた全く興趣を欠くというものではない。

年ごろ紀元前後の本を手にすることが多かった。だれにも若い折の選択や怠惰を悔いる時期がある。西洋古典学も中国文学も学ばなかったのは悔いだが、これもいわば塞翁が馬、かえって新鮮でおもしろかった。

読むにしろ書くにしろ、勝手にするしかない。終年醒日を欠く者が書けばご覧の通りということになる。今日的なまともな話柄など能くするところではない。

これらのエッセイは筆者も加わっている地方の小誌に連載したものである。不要不急の閑文字を長きにわたって御辛抱頂いた『燎原』社主堀川喜八郎氏に、心から感謝申し上げる。

お読み下さった方々に対してはもちろんである。毎号社宛お便りを頂戴し、たいへんありがたかった。中断することなく続けられたのもみなさんのおかげだと思う。

あらたにいくつかの駄文を併せた。遊んで頂くためのものである。戯文も含まれる。

雑文を書く楽しさはずっと後代になるけれども段成式『酉陽雑俎』に教わった気がする。先には「物識り狂」の名を押し付け、こたびはそれをこの集の表題に利用させてもらった。わが拙い謝意が届くことはないにしろ、ひとこと申し述べておきたい。

二〇〇二年秋

# 初出一覧


仙人　「燎原」一九九七年十二月号
襲撃　「燎原」一九九八年三月号
空中穴居　「燎原」一九九八年九月号
レーニンのキノコ　「燎原」一九九八年十二月号
花火師の家　「燎原」一九九九年六月号
物識り狂　「燎原」一九九九年九月号
麻とケシ　「燎原」一九九九年十二月号
殉教VS.隠れキリシタン　「燎原」二〇〇〇年六月号
イルカ記　「燎原」二〇〇〇年九月号
魚食い族　「燎原」二〇〇〇年十二月号
青白眼の人　「燎原」二〇〇一年三月号
メロス島の悲劇　「燎原」二〇〇一年六月号
足の話　「燎原」二〇〇一年十二月号
墓辺文化　「燎原」二〇〇二年三月号

春の歌　「燎原」二〇〇二年六月号
詩と音楽と殺人を愛した男　「燎原」二〇〇二年九月号
城趾閑日　書きおろし
憲法色　書きおろし
魚づくし　書きおろし
イエスと中風患者　書きおろし
よし子　「燎原」一九九七年九月号
いちじくの木　「熊本日日新聞」一九九五年八月一日
野戦病院　「熊本日日新聞」一九九七年三月二十九日
韓非&マキャベリ　書きおろし
酒誥　書きおろし

**植村勝明**（うえむら かつあき）

1934年、熊本県生まれ。1957年、東京大学文学部卒。
1989年、詩集『石を割る渇者』熊日文学賞受賞。
既刊、詩集『ゴジュウカラ』など６点。
〒860-0017 熊本市練兵町13-7-901

# 物識り狂

二〇〇二年十二月一日初版第一刷発行

著者 植村勝明
発行者 福元満治
発行所 石風社
福岡市中央区渡辺通二丁目三番二四号 〒八一〇-〇〇〇四
電話 〇九二（七一四）四八三八
ファクス 〇九二（七二五）三四四〇
印刷 九州電算株式会社
製本 篠原製本株式会社